It's a Long Journey

你要忍，忍到春暖花开；

你要走，走到灯火通明；

你要看过世界辽阔，再评判是好是坏；

你要铆足劲变好，再站在不敢想象的人身边，旗鼓相当；

你要变成想象中的样子，这件事，一步都不能让。

卢思浩 作品

你也走了
很远的路吧

It's a

———

Long

———

Journey

湖南文艺出版社
HUNAN LITERATURE AND ART PUBLISHING HOUSE

博集天卷
CS-BOOKY

序

写在前面的话

这是一个奔波的时代。

我们不停告别，又不停重新出发，有些话还来不及讲，就已经分道
扬镳。
心情越来越冷淡，很多话找不到人讲，于是什么都埋在心里。

你有千万条微博想写，可有些根本不重要，后来你才懂那是你怕别
人看穿你，所以才把真话埋在日常里。
你有千万句话想说，可点开那个对话框，你根本打不出一个字。

你才明白，原来你从一开始就怕被别人看穿，所以宁可孤独。
所以你宁可每天嘻嘻哈哈，也不要被人看出来你真的难受过。

只有在最深的夜里，你才能够允许自己难过。

前几天，看到小周在凌晨发了条朋友圈："下午在高铁上得知外公病重，想着签售完就立马飞回重庆，可刚刚妈妈发信息说外公已经走了。人生有多少次来不及，唯一的安慰是，他终于可以和外婆相聚了。"

我不知道该说什么，想起我奶奶走的时候，我在从墨尔本飞回上海的飞机上。我也就是这样，错过了我和奶奶人生的最后一面。

人们说，节哀顺变。
人们说，你还有自己的生活。
我们点头，然后把自己埋在工作里。
然后在某个夜里，想起曾经跟亲人在一起的日子。

还有一天凌晨，我在北京看到一个小伙子在街边痛哭流涕。他西装革履，拿着公文包，地上撒满了文件。他看着比我大不了多少，一边打着电话一边一个人默默地捡起文件。

又或者在火车上，听到一个姑娘给爸妈打电话："对不起，妈，我知道我说好了要赚钱了才回来。对不起，但是我不后悔……"

有天夜晚，甜筒给我发信息，说："我熬不下去了，可是还有很多事情没做完。我好想离开北京，我想把我该死的梦想抛下，真的。"

然后她说："可是为什么那么多次，那么多次我说要离开北京，我却没有收拾行李呢？"

还有一个姑娘，白天嘻嘻哈哈，晚上就销声匿迹。

只是在某天夜里，她分享了一首歌到朋友圈，说了句：可惜你也不会再听了吧。

孤零零地在那里，不知道有没有人评论。

后来我们才知道，说好要跟她订婚的男友，婚前出轨。她发现时正跟他一起在澳门买戒指，她拿着朋友发的聊天记录给男友看，男友扑通一下跪在地上。

然后她订了当天的机票，一个人回家。

我想她大概也在深夜痛哭过。

我想你大概也在深夜痛哭过。

孤独是，某天突然下雨，你走在街上，只有你一个人没有带伞；加班到深夜的你饥饿难耐，却发现周边所有便利店都关门；期待很多年的电影今天上映，怎么也找不到人陪你去看；深夜想要找一个人聊天，翻遍通讯录却找不到人说话。走过了那么远的路，再也找不到人分享风景。

我知道的，因为我也经历过。

我知道世事无常，反而想用力珍惜；我看到太多绝望，反而读懂了希望。

我经历过漫长的孤独，反而找到了真正重要的东西。

是那些陪在身边的朋友，是那些你不用说都能懂你的人，是那些你内心的渴望。

是那些藏在你心里某个角落，让你想起来就能嘴角上扬的事情。

我们成长，我们遗忘，我们弄丢回忆，我们无能为力。

可日升日落，潮退潮涨，永远有前路，等待前行的人。

如果你愿意把这本书读完，那我想我们都是一样想要前行的人。

即便这是一个奔波的时代。

我们东奔西走，付出越来越谨慎，经不起时间浪费；真心越来越难得，耗不起日日夜夜。

可我知道的，你也曾像那迷路的星星，试着想要把黑夜照亮。明明没有人看得到你，你也一腔孤勇向前走着。

我知道你的梦想，也被生活打击过。

我知道你的那颗真心，也被人伤害过。

我知道你也曾收拾行李，买了车票，删空所有痕迹，想要从一个城市逃离。

那么你或许也一直希望可以重新燃起对一些事物的热情，因为喜欢本身就是一件美好的事。

那么这本书送给你。

没关系，就算难过，明天也要满血复活。

因为你不是那唯一一颗迷路的星星，就算你照不亮他的黑夜，我也能看到你。

如果有人这么问你，为什么还要看纸质书，为什么还要去写信，为什么还要不远万里去见一个人。

你告诉他，因为你偏要在这薄情世界里，深情地活。

Contents
目 录

Part 1

Part 2

Part 3

如果不能并肩同行，那就假装恰好路过。

虽然你不知道这恰好路过的背后，是向着你的方向一路飞奔。

时间带不走的有两样东西，一个是跟自己相处的能力，

一个是跟我步调一致的人。

我们独立，在自己的道路上奋斗，彼此看一眼都是安全感。

我的所有坚持，都是因为热爱。

没办法三分钟热度，做不到对自己敷衍。

希望你遇到很好的朋友，从此孤单时也有陪伴；

希望你喜欢上一个很好的人，从此难过时也有动力；

希望你对自己的生活有信心，不管前路是否模糊。

希望你即使被伤害过依旧有去爱这个世界的能力，变得坚定又温柔。

火车停靠站台，一个旅人下车了，这不是你的终点站，
你要继续往前走的。

这世界荒诞又真实，光怪陆离。

我们是彼此的救赎，哪怕前面刀山火海，你有我在。

Part 1

说你愿意为了我留下来

对一个人的失望，是积分制的。
失望变成绝望，就意味着放弃。

一

2003年的九月没有开学，因为非典，那是我们第一次看到全城戒备。

人人都抢着买板蓝根，超市里的口罩被一扫而空。

但王辰并没有在意这些，因为他面临着更大的问题：

他本来要去的大学被封锁了。

十月，非典的恐慌过去了一点。

王辰终于得到了学校发来的新消息，所有新生一律被安排到新校区上课。

他满怀期待到新校区报到，却发现这所谓的新校区，不过是一些临时搭建的房子。

自习室的屋顶还没有建好，还有一股浓郁的油漆味。

自习室的隔壁是一间简陋的画室，他在心里仔细盘算，最后决定投入画室的怀抱。

可画室的座位有限，他的专业是哲学，总不能堂而皇之地在画室研究哲学，于是假模假样地买了张A4纸和画画铅笔，随便画上几笔就偷偷研究起落下一个月的课程。

那时人人都还戴着口罩，每个人都想拼命地赶上进度，倒也没有太多人注意到他。

直到有天一个姑娘走到他跟前，问："同学，你画的是什么？"

他一瞅自己画的是一条鱼，还是简笔画的那种，妈蛋这怎么圆？

瞬间拿起哲学课本就夺门而出，只听到姑娘在后面大喊："同学，同学你的画没拿。"

这个姑娘后来变成了他的初恋。

她叫天琪，我们都叫她甜七。

为什么呢，因为王辰说天琪让他觉得每个星期的每一天都很甜蜜。

是的，当我后来听到他这个解释的时候，我没有忍住，恶心得逃跑了。

二

一个星期后，学校例行体检。王辰因为踢球迟到，赶到医务室的时候全校只剩下三个人。

他就这样又遇到甜七。

是甜七先跟他打招呼："哎，你就是那个逃跑的同学吧？"

王辰摆摆手，说："不好意思，你认错人了。"

甜七说："不可能，就是你。"

王辰想起逃跑的场面羞愧难当，嘴硬说："我们都戴着口罩，你怎么确定就一定是我？"

甜七笑着说："因为我认得你的眼睛啊。"

王辰的心被这句话击中，从此陷入爱河。

可他还没来得及再跟姑娘多聊几句，就听到医务室的老师叫他的名字。

只得匆匆告别，连个联系方式都没留，两人再一次错过。

从那天起，他开始厌恶起医务室。

自此王辰着了魔，甜七的身影在他脑海里挥之不去。他幻想过无数个跟甜七再次见面的场景，甚至跑去画室蹲点。

为了伪装得更彻底，他一咬牙买了全套画画装备，花光了一个月预算，吃起了泡面。

可没想到还没有等到他用上那套昂贵装备，他就遇到了甜七。

因为非典，学校成立了据说是有史以来的第一个环保协会。王辰本想参加足球队，奈何他技术欠佳，挣扎了三天发现只有环保协会还招人，就硬着头皮报了名。

新人大会时，他又因为踢球迟到。

他是最后一个赶到新人大会的，会长是个女生，倒也没和他多计较，就对王辰说："你就坐到最后吧。"

他连连道歉，走向最后一排，却看到坐在倒数第三排的甜七。于是厚颜无耻地无视最后一排的空位，硬要坐到甜七身边。

他捅捅甜七的手，说："又见面了，真巧。"

甜七看着他的眼睛，说："是啊。"

他说："我是王辰，王八的王，星辰的辰。"

甜七笑得合不拢嘴，说："哪儿有人说自己是王八的，我叫天琪，天气的天，王字旁的琪。"

会长在台上咳嗽了一声，说："谈恋爱的朋友请忍耐一下，现在我在介绍规章制度。"

这次换王辰笑得前仰后合。

那天的每一句话，王辰都记得。

那天他们第一次正式认识。

后来他跑回操场死活要了那个让他迟到的足球，说这是他的幸运球。

三

两个人开始频繁见面，不见面的时候也每天互发信息。

有一天甜七突然不回信息了，王辰如坐针毡，开始反复思考之前的相处模式，生平第一次对自己产生了怀疑。

难道是我哪里做错了？

他又抽了自己一巴掌，不可能，老子这么完美怎么可能做错呢，一定是因为其他问题。

说服自己的他决定从画室等起，买的那一套画画设备终究有了用处。

他等到了甜七，打完招呼试探性地问她："你怎么没回我信息？"

甜七拿出手机，愁眉苦脸地说："我手机按键坏了，老是发不了短信。"

王辰抢过手机说："包在我身上，我去给你修。"

甜七用的那款手机是周杰伦代言的第一款手机，蝴蝶姬。

很漂亮的一款小手机。

而王辰用的是诺基亚6610，是他用的第一款彩屏手机。

因为修手机要去市里，王辰就把自己的手机给了甜七，自己一个人奔赴松下的售后服务处。

找到客服，客服说能换，但要等一个月。

王辰灵光一闪，赶紧给甜七打了个电话，说："我给你换了新手机，可新手机要一个月才能到货。这样，你先用我的手机，我就先用着你的，反正我除了给你发信息以外也不给别人发。你想我了就给我打电话，电话功能没坏。"

甜七在电话另一头脸唰地就红了，说："谁想你了。"

王辰趁热打铁，说："你可以当我女朋友吗？"

甜七在电话那头沉默五秒，王辰脑海一片空白，伴随他的只有自己的心跳声。

沉默过后，甜七下定决心似的说："好。"

就这样两人在一起了，王辰那个月每次碰到哥们儿就会炫耀自己的手机。

蝴蝶姬是红色的，又很娘，正当哥们儿准备向王辰投去鄙夷的眼神时，王辰说："这是我女朋友的啦。"

所有人叹服。

哥们儿又问王辰是怎么追到的女朋友，他就把故事经过说了一遍。

所有人跪服。

故事听到这里我掀桌而起："你大爷的，你这个故事我不听了！"
王辰拉住我，说："别别别，你听完，我真的太久没讲这个故事
了，你不让我讲我难受。"
我说："那你还虐不虐狗？"
他说："不虐了不虐了。"

很好，卢思浩心满意足地坐下来继续听故事。

四

几个星期后环保协会组织水质调查，王辰心想反正没什么事就替甜
七报了名。
活动当天一大早王辰打电话叫醒甜七。
电话那头传来甜七虚弱的声音："你怎么不早告诉我，我今天有点
不太舒服……"
王辰说："在学校太闷了，去吧去吧，肯定很好玩，一会儿我去你
宿舍楼下等你。"

甜七想了想，还是答应了。

回校的车上，王辰偶遇初中同学。他乡遇故知，王辰特别激动，这厮本来就嘴贫，从来没有不说话的时候。加上好几年没见，于是只顾着和老同学聊天，忽略了甜七，连甜七晕车都没发现。

甜七或许是生王辰的气，就这么忍了一路。

等到下车时甜七想要站起来，却突然腿一软，瞬间头晕目眩，吐了起来。

王辰一把抱起甜七，一路飞奔到医务室，医生一看这场面瞬间慌了神，颤颤巍巍地拿起温度计。

最坏的情况发生了，甜七发烧，39℃。

王辰想陪甜七挂点滴，医务室的医生却说，虽然非典过去一段时间了，但以防万一，甜七要被隔离起来一个人挂点滴。

王辰急了，说："这规定是谁定的？？"

医生给了他一个白眼："不服气啊，不服气去找校长啊。"

甜七说："没事的，再说就隔离几天，有事我们打电话。"

王辰没听进去，转身就跑，一路冲到校长室，非要跟校长讨个说法。

他说，甜七是因为下午考察水质着了凉，再加上晕车不舒服，一个普通的发烧而已。她压根儿没有接触病源的机会，凭什么把人家一个小姑娘关起来？

校长刚开始还和颜悦色，说："这是规定，万一呢？"

王辰念叨了一句："万一个屁，傻×规定。"

校长不乐意了，说："这位同学，你注意你的态度，我没叫保安把你赶走就很不错了。"

王辰怒从心中起："我怎么了？我说错了吗？就是傻×规定。行，你们都嫌弃她，老子不嫌弃。"

校长一看王辰这德行，立马叫了学校保安，要把王辰赶走。

王辰拼命反抗，推搡中手机从口袋里滑落摔到地上，机壳瞬间脱落。

王辰挣脱开来，大声喊："这他妈是我最重要的手机！"

摔坏的手机就是甜七之前用的那部蝴蝶姬。

王辰没闹出结果，也没了心思，一心只想修复手机，跑去市里找到客服，客服说："这手机不是本来就不好使吗？你再等几天，新手机就到了。"

王辰说："你不懂，真的没办法修复了吗？"

客服面露难色，摇了摇头。

晚上王辰回到宿舍，又想起甜七虚弱的样子，恨不得马上冲到甜七身前。

突然灵光一闪，王辰脱光了衣服开始给自己冲凉水，又冲出宿舍站在寒风中。

舍友被他吵醒，看他那架势还以为他疯了，拼命拉住王辰问："你干吗？发疯啊？"

王辰愤愤地说："他们不是都不让我去看甜七吗？老子就把自己也弄发烧，我也隔离去！"

室友若有所思，感叹："你他妈是真爱啊，服。"

第二天一早，王辰忍着头疼冲向医务室。

他拉住医生，说："医生，我发烧了，你快看看我多少度？"

体温量完，38℃。

医生眉头紧锁，说："这是被传染了啊。"

王辰喜出望外，说："医生你看我这情况是不是要隔离？"

医生点头，王辰第一次对这医生有了好感。

他简直是一路小跑跟着医生到了隔离室，却只看到一个空空的床位。

他问："昨天被隔离的人呢？"

医生一脸无辜地说："同学，你不知道吗？男女隔离是分开的啊。"

"哈哈哈哈！"听到这里我忍不住笑出声来。

王辰白了我一眼，说："我哪儿知道男女隔离是要分开的！"

这下好了，连借室友的手机给甜七打电话的机会也没了。

七天的隔离期，过得像是七年那么长，连窗外的月亮都无趣了起来。

隔离期结束，王辰冲到女生宿舍，在所有人异样的眼光和宿管阿姨的指责声中拉着甜七就走。

他们一路逃离到附近大楼的楼顶，两人在楼顶坐着，王辰想告诉她这些日子自己有多想她、多担心她，可话到嘴边就是说不出口。

他太自责，说："都怪我。"

甜七笑着说："我也不好，不舒服就不应该硬撑着。"

两人看完日落看月亮，甜七累了就靠在王辰的身上，王辰一把把甜七抱住，那一刻他觉得什么都不用说了，她一定都懂。

他甚至觉得，就在这个时刻，这世界上的某处一定有一束烟火正在放着，而这束烟火是为他们放的。

五

大三那年，有一天王辰对甜七说要给她一个惊喜。

甜七不明所以，被王辰拉着就走。

到了一个居民楼楼下，甜七终于忍不住开口问："你要给我的惊喜是什么？"

王辰松开手，指了指楼上，说："我租了一个房子，我们同居吧？"

甜七愣在原地，显然没意识到是这样一个惊喜。

王辰说："我想每分每秒都跟你在一起。"

甜七本来还在犹豫，看到王辰的眼神瞬间投降，用力点了点头。

两个人开始布置出租屋，一起逛小商品市场，去淘那些家居用品。

慢慢地，这个看似简陋的出租屋也有了生色。

正式搬家的第一个晚上，甜七说："我也有一个惊喜要给你。"

王辰说："什么惊喜？有我给你的惊喜大吗？"

甜七抿着嘴唇从包里拿出一张纸，是他们最初相遇时的那张画。

王辰瞪大了双眼，说："这张纸你居然留到现在？"

甜七点点头。

王辰用力抱紧了甜七，满是幸福。

同居的生活平淡如水，两个人一起骑车上课，再一起回他们两个的家。

有一天周末，合肥的天气正好，王辰说："甜七，不如我们去公园吧。"

甜七面露难色，说："我这周跟我妈约好了，要回去看她，下午的车票都买好了。"

王辰说："看妈妈什么时候都可以啦，你看今天难得天气这么好，你陪我去嘛。"

甜七的"可是"刚说出口，王辰不由分说拉起甜七的手就出了门。

大四，两个人到了该做选择的时候：毕业之后去哪里？

王辰想的是，去南京，因为他从小对南京就有不一样的感情，也对甜七反复提起过。

甜七想的是，留在合肥，因为他们都是安徽人，毕业之后就在这里结婚。

他们从来没有想到两个人的回答会不一样。

短暂的沉默。

甜七先妥协，那我们就分开考公务员，我先考合肥的，你先考南京的，反正不远。等稳定了，我们再考虑到底在哪里定居。

王辰不肯让步，说："你陪我去南京，我想让你陪在我身边，我们一起考南京的公务员。"

甜七抿着嘴唇摇摇头，说："不行，你知道我妈妈最近身体不好。"

甜七又想了想说："实在不行你等我，过几年等家里情况好转了，我就去南京找你。"

王辰说："可我想这几年你一直陪着我，谁知道以后会发生什么。"

那是他们恋爱三年以来，第一次有分歧。

王辰一直是这么以为的。

以为只要他说一句话，她就会跟着他，就像以前的每一天，每一个决定一样。

他以为所谓的爱情就是这样。他们是彼此血液的一部分，她会一直陪在他身边。

于是两人开始为了这件事情发愁。

他们也不争吵，看起来还是恩爱如初，只是每次提到这件事情时，两人都不说话。

终于拖不下去，乌云终究要成雨，这个话题不可避免地被提上日程。

甜七说："能不能为了我留下来？"
王辰不说话。
甜七说："说你愿意为我留下来好吗？"
王辰不说话。
甜七说："那你说，说你去了南京还会回来。"
王辰摇了摇头。
甜七第一次在王辰面前哭。

那一天，是情人节。
甜七说过自己不过情人节，因为那是情人节又不是恋人节、爱人节，她又不是王辰的情人，她才不要过。
王辰在出门之前对甜七说："今天是情人节，你反正不爱过，我出去透口气，我们好好想想。"

只是王辰从来没有想过妥协这个选项。
他把自己的手机电池取了下来，找了一个哥们儿家住了一晚。
他觉得自己不过是在逼迫她，在他看来，只要两个人在一起，在哪里生活不一样？
他习惯了她的好，以为这就跟呼吸一样自然，只要她联系不到他，她就会想通。

王辰以为自己胜券在握。

那时的他还不知道，这是自以为成熟的他最大的幼稚。

第二天他打开手机想要联系甜七时，甜七的手机关机。

他瞬间什么声音都听不见了，明明哥们儿在问他怎么了，可他无法
回应。

他第一次有了不好的预感，心急速下沉，喘不过气来。

回过神后，他连外套都没穿，一身睡衣就冲着他俩的家跑去。

没有人在。

王辰拿出手机，一个个地打给朋友，终于通过她的一个朋友联系
上她。

王辰说："甜七，你回家好不好？"

甜七说："你知道我当时联系不上你的心情了吗？"

王辰说："别闹。"

甜七先是难以置信，而后又无奈地笑出声来，说："你到现在都还
觉得我在闹是吗？王辰你给我听好了！我俩分手！"

六

那天王辰一夜没睡，不停地坐起来，躺不踏实。

天还没亮，他就找了自己最好的朋友去他家。朋友不明就里，带着王辰去找甜七。那时还没有那么多出租车，王辰只能一站一站坐公交，每过一站他的心就颤一下。
半小时的车程显得无比漫长。

他想起以前有次他跟甜七聊天，也不知道为什么就聊起了分手的话题。

甜七说："要是我俩真分手了，我就当一个很爱你的朋友，我离不开你。"
王辰说："这世界上没有谁离不开谁。"

到了她闺密家楼下，等了很久没等来甜七，她的闺密拍拍他的肩膀，说："回去吧。"
王辰说："你告诉甜七，我死也不回去。"

不知道等了多久，他的手机来了一条信息，是甜七的。

他兴奋地打开，甜七说："马上过元宵节了，你快回去，有话以后再说，你先看看你爸妈。"

王辰不听，说："我不，我就要你现在下来。"

甜七回复："你知道吗？这么多年你一直没明白，不是每个人都有你这样的条件。你的条件允许你轻松自由，这没关系，最让我难过的是，王辰，我以为我们是这世界上最了解彼此的两个人，可你一直没看到我肩膀上的责任。我们是成年人了，拜托你长大好不好？"

那句话把王辰的防线彻底击溃。

在很多没有结局的故事里，青春期的女生总是比男生更成熟。

所有的回忆像是泡沫不停地出现，然后碎裂。

他早该想到这些天甜七有多挣扎，他早该想到那天甜七肯定打了无数个电话给他，一次次的关机，一次次的失望，一次次的难受，慢慢变成绝望。

你知道吗？对一个人的失望，是积分制的。

为什么那些平日看起来可能与你相安无事的人最后选择离开？

因为她早就在心里给了你无数次机会，只是你从来没有把握住。

失望变成绝望，就意味着放弃。

七

后来王辰写了一本书，在扉页上写下甜七的名字。

那已经是五年后的事情了。

他回到了合肥，想尽一切办法找到了甜七的联系方式，想要把这本书给她。

可远远见到她的一瞬间，王辰自己把书撕了。

我问："为什么不把书给她？"

他说："有时候你满腹心事，对面的已经不是那个你想诉说的人。有些事就是这样，一眼万年，沧海桑田，那些所谓的补救办法，不去做也许更好。没有结局的故事，就让它留在风里吧。"

那一瞬间他想起以前两人一起看书一起准备考试，一起去租房子一起去学英语。他想到自己刚开始准备考研时，甜七虽然知道他要去南京，但还是陪着他一起准备。

他还想起自己说，没有谁离不开谁。

其实那几年，一直是他离不开她。

最后他离开合肥时，遇到了当年两人共同的好朋友。

她见到王辰之后叹了一口气，说："你知道吗？你的初恋是学校最好看的姑娘，谁都没想到她居然被你搞定了。"

她说："你知道吗？我一直都替你们俩遗憾，或许你再也找不到愿意陪着你的姑娘了，而她或许也再找不到像你一样细心的人了。"

王辰说："没什么，是我不配。"

最后她说："你别回来找她了，我知道，你经得起波澜，可是她经不起了。她好不容易彻底忘了你，开始了自己的生活，你一出现，她又要从头开始了。"

王辰点头，什么话都没有说。

那天他回了南京，找我去他家喝酒，给我讲完了这个故事。

故事讲到最后，他拿起酒杯一饮而尽，冲进厕所洗了把脸。

我不知道他是不是要掩饰自己的眼泪。

他说，十年了，都快十年了。

我在一旁不知道该说什么。

他说那年情人节的情景，总能出现在他脑海里，变成梦境，他分不清真假。

梦里的甜七问："能不能为了我留下来。"
王辰说："可以。"

甜七继续说："说你愿意为我留下来好吗？"
王辰一字一顿地说："我愿意为了你留下来。"

然后他就醒了。
我瞥见他柜子里放着一个足球，突然想起我喜欢的歌里有一句这么唱：
我张开了手，却只能抱住风。

回到最初的美好，
扫码回复"鱼"，就可以看到王辰的简笔画。

告别是看到那些美好，
也不会跟你说了

走廊被黄昏染色，冬天被大雪唤醒，思念被歌曲收藏，却找不到分享的人。

◁ BGM:《怎样》戴佩妮

一

杨小毛是个摄影大神。

当年她还是一个摄影小白,拿着傻瓜相机到处试验。
有一次我们一起去厦门玩耍,她自告奋勇当起了摄影师,她男朋友李诚责无旁贷,充当模特。

那天天气很好,小毛说:"老李你站到那个石头边上去,来来来,你假装你左侧45度来了你的心上人,就往那边看。"
老李哭笑不得:"我爱的人不就在我正前方吗,你让我怎么往左侧看。"
小毛说:"你别来这一套,为了艺术我甘愿你这一秒钟的恋人不是我。"
我们在一旁目瞪口呆。

更令人目瞪口呆的是,杨小毛同志突然间劈了个叉,我们惊恐地问:"小毛……你的腿疼吗?"
小毛给了我们一个大白眼,说:"你们懂个屁,这叫摄影角度!"
回来后我们一起导照片,我眯着眼睛端详半天,疑惑地问:"小毛,这张照片老李在哪里?"

小毛指指照片的右下角，说："不是在这里吗？"

我认真辨认，终于从那脱离地心引力的三根头发辨认出了老李。

我瞬间对杨小毛佩服得五体投地。

二

杨小毛突然想学摄影的原因是：她想把每天看到的东西都记录给老李看。

那年去厦门玩耍，是老李的毕业旅行。小毛比老李小三岁，毕业对她来说还很遥远。

有一天我们深夜失眠，在群里你一句我一句地聊天。

老陈说："小毛啊，异地恋可是很危险的，你看看老卢，因为常年在国外，从来谈不成恋爱。"

我说："小毛啊，异地恋可是很危险的，你看看包子，因为常年漂泊，喜欢的人就跟他分手了。"

包子说："小毛啊，异地恋可是很危险的……等等，我分手是因为我常年漂泊吗，老卢？！"

老李赶紧打岔，说："呸呸呸，你们别乱讲话。"

又看小毛很久没说话，就说："没关系啊，现在科技多发达，你把日常生活拍给我看不就跟我们每天在一起一样吗？"

老李可能只是随口一说，小毛却默默背起相机，开始出没在上海每一个他们一起走过的角落。

过了半年，到了冬天，那年的上海下了场大雪。
她冲出家门在大雪里一阵狂拍，活蹦乱跳的，像个孩子。
老李看到照片后打电话给小毛，哈哈哈笑说："小毛，你怎么拍得跟头皮屑似的。"
小毛说："你嫌弃我拍照难看，那你回来啊，你回来啊。"

第三天，老李偷偷从北京飞回上海，小毛开心地把我们都叫上，一起撮了顿火锅。
回去途中又开始下雪，小毛突然跪下来说："老李同志，你将来愿意娶我吗？"
老李乐了，说："小毛同志，你怎么了？"
小毛急了，说："你管我怎么了，你就说你愿意不愿意。"
老李说："好啊。"
小毛乐不可支，说："太好了，这下看你怎么逃。"

包子抢过小毛手里的相机，绕着他俩转了一圈又一圈一顿狂拍。

小毛笑着说："包子，你这么一圈圈转得累不累？"

他躺在地上气喘吁吁，说："你懂个屁，这叫摄影技术！"

接着他说："老李啊，我可是用电影的手法把这画面拍下来了，你赖不掉。"

老李哈哈笑，牵起小毛的手说："不会的。"

我和老陈在一旁看着，他突然下定决心似的，说："我想去南京。"

我问："去南京干吗？"

他说："追大丁。"

我记得那一年，是2011年。

我们热泪盈眶，一个人也像千军万马，活得热烈。

三

2012年我去北京，老李招待我。

好朋友好久没见准备去喝一杯，去之前我正好跟小毛在聊天。

我说："小毛，我见到你家老李了，一会儿我们去喝酒，嫉妒吗？哈哈哈。"

小毛回："老李跟我报备过啦，我恩准了，怎么样，你个单身狗有人在意你去喝酒吗？"

……我再也不和杨小毛发信息了。

喝到一半杨小毛来了电话。

老李接起电话说："不是跟你说过了吗？我跟老卢在喝酒呢，你放心。没姑娘，真的没姑娘。"

挂完电话他对我不好意思地笑笑，说："她就这样。"

过了没多久，电话又响了起来，又是小毛同志。

老李说："你等我一下，这里太吵了，我出去接。"

老李接电话时烟抽了一根又一根，挂了电话还在原地待了会儿。

他回来时我试探性地问："没事吧？"

他摇摇头，说："没事，就是她老不信。"

没想到一会儿我的电话响了，刚接起来就听到小毛大喊："老卢，老李在你那儿吗？"

我说："在啊。"

她还没等我说完，就说："你把电话给老李。"

接完电话老李无奈地冲我摇摇头，把他的手机翻过来给我看。

满屏的未接来电，通通是小毛的。

我说："你就让着点小毛，你们异地，她一个女生还是会担心的。"
老李说："你是不知道，每天都这样，24小时她都在给我打电话。有好几次我说了在开会，她还是每隔五分钟打一次电话。如果我关机或者总不接，她就打给我所有的同事。你知道吗？我同事看我的眼神都不耐烦了，我还得挨个儿去道歉。"

我隐隐觉得这段感情或许不像看到的那样，只是后来的事我就记不大清了，只记得半夜喝了一杯又一杯，还有小毛给我发的一条又一条信息。
反反复复都表达着同一个意思：你们怎么还不回家？

第二天迷迷糊糊醒过来，看到手机里有一条早上发过来的信息。
是小毛："他不在我身边，我没有安全感。"

四

2014年小毛毕业，她给我们发信息："我来北京找老李，抽空一起聚聚啊。"
那天我们在后海，夏夜的晚风总是把人吹得心神荡漾。

同样的情绪也感染着小毛，小毛拉着老李的手停了下来。

老李转过身来，疑惑地问："怎么了？"

小毛看着他的眼睛说："娶我吧。"

老李却回避着小毛期待的眼神，说："再等等吧。"

小毛说："我已经等了两年半了。"

老李说："你别闹，等我再好一点，等我们再稳定一点。"

小毛突然一声大喊："我从来不怕吃苦，只怕不能跟你在一起。"

老李没有正面回应，说："这么多朋友看着呢，你乖，我们回去说。"

小毛的眼泪在眼眶里打转，说："你怎么了？你以前不是这样的，你以前明明答应了。"

老李说："你知道北京生活压力多大吗？你知道我不想让你跟着我吃苦吗？你知道什么叫业绩考核吗？我不是说了，等我再好一点吗！"

小毛突然说："你是不是对不起我？"

老李大惊，半天嗓子里蹦出一个字："啊？"

小毛声嘶力竭，说："那你说你这段时间为什么不给我发信息？"

老李说："我不是回你了吗？"

小毛说："两小时之后回也叫回吗？"

老李叹口气，说："无理取闹。"

小毛抓住老李的胳膊说："好，那我再问你，为什么你的房间里没有我的牙刷，没有我的毛巾？你说？！"

老李甩开小毛的手，说："你都两个月没住了，我收拾了一下怎么了？"

小毛说："才两个月没住，你就要把我住过的痕迹都收拾干净吗？"

老李气得说不出话，转身就走，留下小毛一个人怔在原地。

我有点胸闷，喘不上气。

包子本来拿着相机拍着我们，也一时间不知所措。

小毛转向包子，说："拍什么拍！"

说着就想夺过相机往地上砸，包子拼命护住相机。

小毛闹了一会儿，慢慢地蹲了下来，把头埋到了膝盖里。

我们知道她在哭。

五

2015年春天的一个夜晚，我在上海。

老李把小毛寄给他的所有照片转交给我。

我说："小毛拍的照片都是给你的，你放我这儿不合适。"

老李说："那你找个机会帮我给她吧。"

我问："你连见她一面都不愿意？"

老李说："我不见她，是为了她好。"

我叹口气，说："你不见她，是为了让自己心里舒服。"

一时无话。

老李打破沉默，说："帮我对她说对不起。"

我说："我不管，要说你自己去说。"

他没接话，打车走了。

剩下我不知道怎么跟小毛开口。

我打电话找她，找不到；我去她租的房子，她室友说她下午就出门了，到现在都没回来。

我想了想，去了她当时跪下求婚的公园找她。

她果然在，满身酒气死活抱着一棵树喊老李的名字。

我拼命把她拉开，她又一把抱过去。

她说："你不要拉着我，让我抱会儿他。"

我说："杨小毛！你别发酒疯了！我送你回家！"

小毛突然整个人软了下来，靠着树坐下来，说："我知道啊，我知道我在发酒疯啊，可只有我在发酒疯的时候，我才能把这棵树当成他啊。"

我脑海里突然浮现起以前自己的样子，走到树边陪她蹲了下来，说："你想走的时候告诉我。"

等她嗓子喊哑了，我打车送她回家。

在出租车上她突然问："卢思浩，你说是不是都是我的错？"

我不知道该说什么，只好说："那就都忘了吧。"

她哭着说："我忘不了，我总觉得他还会回来的，所以我等。"

我还没来得及说话，她头抵着前座，睡着了。

剩下那句"老李把你的照片都退回来了"我怎么也说不出口。

六

过了半个多月，小毛过生日。

我们想给她举办一个生日派对，却突然得知她去了北京。

两天后，她回来了，一身疲惫，满眼通红。

她去做了什么我们都猜得七七八八，谁也没有问她发生了什么。

只是我说了一句："对一个人好直到失去了自己，值得吗？"

小毛说："一会儿我去你家，你把那一箱子东西给我吧。"

我说："是老李告诉你的吗？"

她挤出一个无力的笑容，点点头。

老陈说："我们陪你去。"

小毛说："不用，我拿了就走。"

小毛就这么销声匿迹了两个月，有天她突然给我发信息。

她说："你陪我去田子坊吧。"

我问："去田子坊干吗？"

她说："手痒了，想拍照。"

一直拍到天快黑，拍到相机没电用手机拍，过了会儿手机也没电关机了。

我拿移动充给她充上，小毛开机，熟练地输密码，突然就哭了。

我大脑一片空白，慌慌张张找纸巾，小毛缓过神来说："没事，我就是突然发现我的密码还是他的生日，因为习惯了一直没在意，我现在就把密码改了。"

记忆里的人离开了，手机却替你记得。

吃完饭我想送她回家，小毛说："不用了，我想一个人坐地铁。"
我说："注意安全。"

临走时她问："你知道喜欢一个人是什么感受吗？"
我说："是无时无刻不想知道他的消息吧。"
她说："你说对了一半，当你很喜欢一个人的时候，你会希望他能参与你的生活，你会希望你的所有情绪他都能有回应。他回复得慢了一点，你就觉得他不关心你了，因为我们都太怕失去，一点风吹草动都受不了。"

她又问："那你知道一个人不喜欢你是什么表现吗？"
我摇摇头，她说："是他不再跟你分享他的生活了，也不再对你有所回应。"

第二天小毛把自己所有的相册都上了锁，把朋友圈分享的歌都删了，还卖了自己的相机，退了在上海租的房子。
我担心小毛，发信息给她。
小毛回："有时候就算你站在那扇门前，你也不想再开门了。你以为你在分享生活，可其实只是你一个人自娱自乐。我把回忆上锁了，不需要钥匙，就当是我自己的秘密。"

然后小毛就离开了上海，再也没有在朋友圈里分享歌和照片。

七

2016年，我在北京安稳下来。

有一天小毛给我发信息，我们在三里屯见了一面。

她说："上次我来北京还是我生日呢。"

我说："那时我们还想给你过生日呢，你居然抛弃了我们一个人来了北京。"

她说："什么叫抛弃你们啊，是我抛弃了自己。"

她看着窗外，突然说："原来这就是北京啊。"

我疑惑地问："你不是来过北京吗？"

她说："不一样。"

她说："有那么一阵子，我拼了命地想来北京，瞒着所有人投简历。其实我已经找到工作了，就差跟老李说。生日那天我想着最后一次，给老李最后一次机会。没想到他已经连我的生日都不记得了，那一刻我突然明白，是我一直没有放过自己。我不是给老李机会，是给我最后一次机会：最后一次死心的机会。"

我正色说："一年过去，小毛同志，你长大了。"

小毛拍案而起，说："长大个屁，老娘一直年轻，我永远十八岁，十八岁！"

我举手投降，说："是是是，你十八你十八，三里屯里一朵花。"

小毛说："你陪我去拍照吧。"

我说："又来？"

她说："怎么的，不乐意？"

我再次投降，说："好好好，拍拍拍。"

我本来以为她要拍很久，才拍了三张她就停了下来，取出相机里的内存卡。

她把卡丢给我，说："那一箱子照片我还是扔掉了，却舍不得扔掉这张卡。这张卡本来快满了，这次我终于有勇气把它拍完了，你留着吧，或者丢给包子。这里面的回忆对我不重要了，但我觉得或许你们想要留着。"

回家我打开了内存卡，里面是她那些年拍的所有照片，有些是老李，有些是她学会用三脚架之后的自拍，当然还有一些是拍的我和包子。

我看着照片哈哈大笑，心想原来那个时候我们长那个样子。

一边笑一边复制一张照片给包子发了过去，包子秒回："老卢，没想到这么多年我们的颜值进步很大啊。"

我回："呸。"

我一边聊天一边把照片都拷给他，系统提醒我这里面有两段视频。

我点开，所有的笑容都凝固在脸上。

一段是那天包子跑了一圈又一圈给他们拍的视频。

视频里两个人多么幸福，视频外两个人毫无联系。

"老李同志，你将来愿意娶我吗?

"好啊。"

另一段是那天在后海，包子拿着相机拍的。

在他们吵架前五分钟，还有这么一段对话。

"老李，好像你从来没有拍过照片给我呀。"

"小毛，我哪儿像你有那么多时间到处拍照啊。"

然后小毛说："娶我吧。"

老李说："再等等吧。"

我想到了什么，又把所有只有小毛一个人的照片点开一张张看。
我终于明白了我刚才一闪而过的违和感是什么。

在所有只有小毛一个人的照片中，她永远在画面里的最左端。
因为她说过，老李喜欢站在她的右边。
我的眼泪止不住往下掉。

我突然想起杨小毛的那句话，喜欢就是想把自己的生活分享给他。

就像那时漫天飞雪，想拍给你看；那时听到好歌，想唱给你听；那
时激动的情绪，希望不用说都有人懂。喜欢就是看到所有美好的东
西，都想和你分享。
后来走廊被黄昏染色，冬天被大雪唤醒，思念被歌曲收藏，却找不
到分享的人。告别就是看到所有美好的东西，也不会再和你说了。

想看杨小毛拍的照片，
扫码回复"小毛大神"，即可查看。

我最好朋友的婚礼

生活的本质就是这样，希望和失望共存，美好与丑恶共生。而我们能做的，是从失望中看到希望。

一

为什么这个红绿灯这么久？

我看了眼手机，还有两个小时我的航班就要起飞了，而我现在堵在
路上。

来不及了，来不及了，我一路飞奔办完登机牌，临安检了突然背后
一凉，才发现我把背包落在了出租车上。

我没停下，向登机口跑了过去。
没有什么比赶回去参加婚礼更重要。

上飞机前我给老陈发信息："我飞了，等着我！"
关机，看了会儿书，机舱逐渐暗下来，我开始回忆他的故事。

我和老陈认识，要追溯到我们的小学时代。
小学时我痴迷水浒卡，不知道吃了多少小浣熊的干脆面，死活凑了
100张水浒英雄卡。
我有事没事就拿着水浒卡在学校里晃悠，走到哪里都能吸引同龄男
生的目光。很快，消息传开，一到课间我就被重重包围，男生们纷
纷表示要一观我的水浒卡的荣光。

我扬扬自得，所有虚荣心都得到了满足，直到有一天，我发现课间居然没有别的班的同学来找我，人群居然向着另一个方向汹涌而去。

同桌从门外跑进来，一边拉着我一边说："隔壁班有个人集齐了108将！"

刹那间，我的自尊心受到了打击。

转念一想，我干脆面吃吐了都没能集齐，他肯定吹牛×！

倔强的我站在教室外的走廊里大声吆喝："我有一张玉麒麟卢俊义的金卡！"

人群瞬间向我拥了过来。

又听到隔壁走廊传来一句："我有豹子头林冲的金卡！"

走向我的同学们纷纷停下脚步，又围了回去。

我大喊："我有智多星吴用的金卡！"

他说："我有小旋风柴进的金卡！"

我大喊："霹雳火秦明！"

他又说："小李广花荣！"

一来二去，围观群众纷纷表示："你们两个人都这么牛×，为什么不干脆打一架？"

我还没回应，隔壁班的男生已经走到我面前，趾高气扬。

我一个帅B怎么能容忍这种事情发生，当即表示："来啊，我们坐下比一比谁的卡多啊！"

那成为我们小学生涯最为风光的一天。

最后我败下阵来，那个王八蛋居然真的集齐了108将。

我校第一牛×的称号从此归了他。

放学后他找到我，说："我多了一张旱地忽律朱贵，你要不要？"

旱地忽律朱贵？这是水浒卡最难收集排行榜的头三名之一啊。

我嘴上说着不要，但身体很诚实，看着他递过来的水浒卡，接过来放进了口袋……

这个人就是老陈。

从此他成了我的朋友。

二

当时他还算不上我最好的朋友。

毕竟不在一个班级，也只是有着送水浒卡的交情。

没想到到了初中，我们成了同班同学，直到高中毕业我们还是同班同学。

我们的友情迅速升温，是在2006年。

2006年，他开始早恋，哦，不对，是开始单恋。

那年德国世界杯，班里有个午间用来看《新闻30分》的电视，平时都不让开。可怜我们对世界杯心心念念，又没法看到关于世界杯的信息。老陈一拍脑袋，说可以用那台电视搜体育频道啊！

没想到我们刚欣赏了五分钟的足球，班主任神出鬼没地出现在教室门口，大声呵斥："是谁开的！"

老陈刚想站起来自首，大丁站了起来，说："老师，是我开的。"

班主任一看是班长，说了句"下次别再开了"，也就没有追究。

老陈从此动了心，无法自拔。

我当时也情窦初开，喜欢隔壁班的一个姑娘。

我们两个苦B单身直男一合计："我们可以互相支着啊！"

从此我们从好朋友变成了兄弟。

于是我们上课互相传字条，共商大计。

我们两个天赋异禀，很快就想到了一招，那就是……抄歌词啊！

2006年，周杰伦占据了华语乐坛的半壁江山，人人都在唱《菊花台》，就连一向对流行音乐不屑一顾的长辈们，也因为一首《听妈妈的话》，主动买专辑给我们听。

而我因为一首《温柔》开始听五月天的歌，一首《听不到》让我彻底入坑。

于是一个人开始抄《晴天》，一个人开始抄《温柔》。
把歌词送出去之前，我们互相看了眼各自的信。

他用力拍了拍我的肩膀，破口大骂："卢思浩你神经病啊！'不打扰是我的温柔'是用来表白的吗？？"
我拍桌而起："你看看你自己，'从前从前有个人爱你很久，但偏偏风渐渐把距离吹得好远'，是用来分手的吧垃圾？"
老陈一脸"你懂个屁"的表情看着我，我用"我就懂"的眼神还了回去。

然后呢？然后我俩被对方一打击，谁都没有把情书送出去。

三

机舱突然亮了起来，我也从回忆里醒过来。空姐问我要什么，我说："要可乐吧。"

我其实好久没喝可乐了，自从上了大学之后身体不好，我就刻意地避免碳酸饮料。我在高中时最爱可乐，一到周末就跟老陈、包子三个人奔向肯德基，一人一杯可乐。那年头还有寒暑假，不管酷暑还是寒冬，我们都爱去打篮球，打完球就一人一罐可乐。

我篮球打得一般，老陈却是校队的。那年学校比赛，我们都去为他们加油，大丁也去了。
比赛结束，两分惜败。

我看着老陈落寞的眼神，刚想走上前安慰，正好看到大丁。
我一脸坏笑地把可乐递给大丁，说："大丁，我肚子痛，这是我给老陈买的，你帮我给他吧。"
我没等她反应过来，就把可乐塞了过去，假装奔向厕所。

到了转角，我停了下来，暗中观察，脸上带着欣慰的笑容。
我家的猪终于被白菜拱了。

可老陈似乎什么都没说，接过可乐就走了。

等他经过我身旁，我拉住他，问："刚才你们说什么了？"

他愣了愣，说："谢谢啊。"

我大惊："就这些？"

他认真地点点头，说："就这些。"

我恨铁不成钢，说："你这么蠢，当年到底是怎么集齐水浒卡的？"

他说："因为我有钱啊……"

因为我有钱啊……

有钱啊……

钱啊……

一个重击。

卢思浩倒在地上再也不想起来了。

很快，我们迎来了高中毕业联考。

我和大丁成绩都不错，应付考试倒也不太费力。老陈就不同了，天天把自己扔在测试题里，做得铅笔冒烟，还是没进步多少。

然后呢？然后考试完，成绩放榜，大丁班级第二，老陈倒数第五。

老陈就此消停下来。

高中时代喜欢一个人，成绩就是头顶的乌云，挥散不去。

四

飞机的声音真吵啊，我压根儿无法睡眠。

看了眼小电视上显示的时间，还有五个小时才能到。

为什么墨尔本离中国这么远？

说到墨尔本，第一个知道我要出国的人就是老陈。

老陈问："真决定出国了？"

我点点头。

老陈说："在外头好好的，毕竟不比国内，你看你这小身板，在国外出了啥事你绝对扛不住。"

我笑着骂："你大爷的。"

他接着说："毕竟我们都不在你身边，谁带着你打篮球？谁帮你追姑娘？"

我突然什么都说不出口了。

临走前我们去唱歌，老陈点了首张震岳的《再见》。

我们一宿没睡，第二天我就跟着爸妈去了机场，老陈给我发了一条言简意赅的短信："我们已经朋友六年了，未来还有很多年。"

我回："有空来找我玩啊。"

他说："好。"

我说："早日追到大丁。"

他转移话题："在外头好好的。"

五

下午的浦东机场依旧人山人海，我一看距离婚礼开始还有四小时。

而我需要在这四小时内从浦东赶到虹桥，再从虹桥坐高铁到无锡，然后打车回家，感觉是一项不可能完成的任务。

我咬咬牙，一路小跑奔向机场大巴。

2011年老陈已经在南京了，我去南京找他。老友很久没聚，先互相数落对方，然后也不生疏，直奔篮球场。当然他轻松把我斩落马下，我战死沙场也没赢回一局。坐在场边时他突然说起："我这辈子只记得两个人的背影，一个是当年齐达内和大力神杯擦肩而过，一个是大丁站在我面前替我顶了罪。"

我说："快三年过去了，你表白了吗？"

他说："我尝试过，有天我在她小区门口等她，你知道发生了什么吗？嘿，她从小区的另一个门回家了。"

那时刚刚有微博，他就看着大丁的微博主页，她难过，他就替她难过，她开心，他就替她开心，她恋爱了，他就找我吐槽，说这世上还有谁能比自己更了解她、更能照顾她。我当时用力拍了一下他的脑袋，说："那你他妈的倒是去追啊。"老陈看着我摇摇头苦笑，把他的微博草稿箱给我看。

我当时就震惊了，因为，那里面放满了老陈对大丁要说的所有话，却一条都没有发送出去。

那一年，还发生了另外一件事情。
是我的惨败。
那一年我写了一本书，叫作《想太多》。

你知道一个人努力了三年，终于等来了一个所谓的结果，你满心欢喜，满怀期待，却发现那不过是一场空，是什么感觉吗？
就好像，如果我知道今天是下雨天，那我出门总会带着伞。可有时候生活偏偏让你觉得今天是个大晴天，然后又给你浇一盆大雨。

如果结局是失望，干吗还要给你一点希望?

那时的我自然不明白，生活的本质就是这样，希望和失望共存，美好与丑恶共生。有多少好的，就有多少坏的，付出从来不等于回报，不公平就是生活本身。

而我们能做的，是从失望中看到希望。真正的乐观，不是因为没见过世界的黑暗，恰恰是因为见过之后，才懂得生活的珍贵。

可我当时还没想通，我意志消沉。

一个人躲在上海，哪里也不去，谁也不找，不知道自己要去哪里，不知道自己还能到哪里去。

幸运的是，在我最难过的时候，我有两个好朋友。

他们没有笑话我，更没有落井下石。

李婧从南京到上海，一个个地铁站找到我，拉着我，陪着我，等到我自己幡然醒悟。

老陈不知道从哪儿弄来一辆车，对我说："你把这些书交给我，老子去帮你卖，有的人不知道你的好，是他们没眼光。"

后来我才知道，老陈把这些书打两折卖了出去，然后再按原价把钱给我。

我执意要还他钱，他摆摆手，说："你就把这些钱当份子钱吧，我结婚的时候再给。"

六

我赶到酒店的时候已经九点多。

他们给我的请柬上，写着婚礼开始时间：18：18。

我知道我迟到了，虽然包子和老唐一直在群里给我发信息，说安全
第一。

可我知道，我就是错过了。

包子在群里问我："到了吗？"

我回复："到门口了。"

他说："快来，我们在等你。"

宾客走得七七八八，服务员正在收拾桌子。

我心里一沉，还好看到最里面的一桌酒席还坐满了人。

我听到老陈对我大喊："老卢，这里这里。"

我第一次看到这么帅的老陈，还没走近他就给了我一个结结实实的
拥抱。

我说："对不起，我迟到了。"

他没等我说完，抢着说："辛苦你了，大老远赶回来。"

我满怀歉意，说："不辛苦，就是没想到还是晚了，错过了你们的婚礼仪式。"

老陈哈哈大笑，说："晚什么，我们不都在吗？"

我还想说些什么，包子拉着我坐下，冲我眨眼。

我还没来得及思考，却看到从门外红毯缓缓走进来的大丁。

穿着婚纱的大丁。

老陈给我一个俏皮的眼神，就冲着大丁跑了过去。

他挽着她，一步步从门外走进来。那时候酒店已经没有那么好的灯光了，另外两个朋友大头和芋头一左一右，用手机的闪光灯照着他们。音响也撤了，小裴和包子就用手机人工放着《终于等到你》。

我还在发呆，包子拍拍我的肩膀，说："愣什么呢，一起拍手一起唱啊。"

"终于等到你，还好我没放弃。"

这是我参加过的最简陋的婚礼。

却是我参加过的最美的婚礼。

全世界所有的漂亮，此刻都集中在他们身上。他们一步步走向我们，缓慢而郑重。大丁轻轻靠在老陈的肩膀上，眼里写满了温柔。

包子给我了一堆彩纸片，问我："准备好了吗？"
我瞬间会意，跟包子走到他们身后，人工制造烟花。

他走到我们这桌前，单膝跪下对大丁说："大丁，这么多年我一直在努力变好，你愿意把你的余生，都托付给我吗？"
大丁认真又缓慢地点头，说："我愿意。"

这是我最好朋友的婚礼。
他们的婚礼仪式其实早就结束了，但他们愿意为了我，重来一次。

老陈走到我身旁，说："这么多人里，我最希望你能幸福，因为你总是我们中最漂泊的一个，我知道你热爱自由，但我希望有一天你能找到落脚的地方。"
我再也没忍住眼泪。

仿佛我们还是十年前的那两个少年。
我们互相催促对方去表白，却双双失败；我们又集体落魄，在黄浦江边吹了一晚上的风；我没等到姑娘那天，老陈拍着我的肩膀说

"人生自古谁无死，啊呸，人生在世谁不失恋，没事啦，你想怎么发泄我都陪你"；我们又时常热血，半夜说走就走，一路漫无目的；又或者我们一起出游，在海滩边一起唱着《红日》，等日出。

可我们转眼又长大了。

十年后我们见证了彼此的成长。

那个我最好的兄弟，终于找到了自己的幸福。那个在我最难挨的时候帮助我，在我开心的时候祝贺我的老陈，终于等到了大丁。

我以前一直不理解"永远年轻，永远热泪盈眶"的意思。

或许我现在也无法理解这句话的意思，但我跟他们在一起的时候，我就能感受到力量。

那种力量来源于我们的共同回忆，来源于我们的热血热泪，来源于平日里的点点滴滴。

这是我们最好的年纪。

我们光芒万丈的青春。

对了，我是不是还没有说他们是怎么在一起的？

后来啊，他们终于遇见。

老陈终于表白，说："很多年了，很多年了，我喜欢你已经很多年了，可我一直不敢说，现在我把自己变好了。我说这些是想告诉你，我有能力照顾你了，跟我在一起好吗？"

大丁说："很多年了，这么多年你终于说出这句话了，不然你觉得当时我为什么要帮你顶罪？你傻不傻？"

七

那次我花了整整两天时间在路上，参加了一小时的婚礼。
但我做了最想做的事情。

我无法错过。
无法错过我最好朋友最幸福的瞬间。

有人说，友情是有保质期的。

大概到了年纪，我身边的人走得七七八八。
我以为和那些好朋友，只不过是短暂地分开，最后我们还会殊途同归。
可转眼那些曾经在生命中的人消失在人海，居然找不到一丝痕迹。
那些还能找到痕迹的，却因为时间开始生疏，早就找不到当初的感觉。

而我最幸运的是，还有那么几个人，我们一直是好朋友。

我们很久没见，也不会有隔阂。我们有共同的回忆可以分享，又可以自然地说着现在的生活。不会有妒忌，也不会有嘲笑，有的是带着吐槽的鼓励。

友情更像是一种不需要常常惦记，但都保持着关心，不需要时常保持联系，但聊起天来感觉时间就像没走，不需要陪伴在身边，但有困难时可以第一时间到你身边的感情。不需要太多寒暄，一句"傻B"就能开聊；不管距离有多远，就像在面对面聊天；不管多久没联系，就像从来没离开。

我早就不是那个相信友谊天长地久的少年，也知道这世上更多的是分道扬镳。

可就是因为他们，我还是相信，有些友情是可以打败时间的。

跟他们在一起的时候，我能感受到我不是任何人，我的身上没有任何标签，我的工作也不重要，因为跟他们在一起的时候，我就是我自己。

完完全全的我自己。

而你也知道，在你最幸福的瞬间，他们一定会赶来见证；在你最需要他们的时候，他们也会及时出现，在你最失落的时候陪着你。
不需要任何回报，不需要任何道理，这就是朋友。

我的朋友就这么多，不多不少，每一个都很重要，每一个都要幸福。
一个都不能少。

看到这里的你也是。

　我们相遇才明白友情的定义。
扫码回复"老陈"，给你讲个关于他的笑话。

给你一管热血，你可别尿啊

万事抵不过不甘心。
因为不甘心，所以无法放弃。

BGM:《骄傲的少年》南征北战

一

2015年1月12日，生日。

没有人跟我一起过，我只是不知怎的，一个人游荡到了南京。在先锋书店买了几本书，回酒店的路上，看到一个小姑娘蹲在马路边上打电话。

1月的南京，天寒地冻，人人行色匆匆，不愿在风里多待一分钟。

而这个小姑娘就这么蹲在马路上，看着都让人心疼。

路过她身旁，听到她一字一顿地说："我——不——甘——心。"

我知道的，你也不甘心。

二

因为频繁熬夜，所以总能看到埋在深夜里的故事。

有一天凌晨我从二十四小时健身房回家，在路边看到一个小伙子蹲着痛哭流涕。

他西装革履，拿着公文包，地上撒满了文件，看着比我大不了多少，一边打着电话一边一个人默默地捡起文件。

又或者在去兰州的卧铺上，听到上铺的姑娘给爸妈打电话："对不起，妈，我不甘心嫁给一个我不喜欢的人。"

有天夜晚，甜筒给我发信息，说："我熬不动了，可是还有很多事情没做完。我好想离开北京，我想把我该死的梦想抛下，真的。"
然后她说："可是为什么那么多次，那么多次我说要离开北京，我却没有收拾行李呢？"
我想了想，说："大概因为不甘心吧。"

我想她大概也在深夜痛哭过。

三

万事抵不过不甘心。
因为不甘心，所以无法放弃。

你认真生活，努力赚钱，找到自己的喜好，不在乎别人是否认同，用心经营自己的生活。
可你在有些人或者你的长辈眼中，还是一个不结婚的神经病。
过年时，大概你也被当成话题中心讨论过。

他们评判你的标准，居然是你有没有结婚。

我很幸运，有很爱我的父母。

虽然我妈嘴上常念叨让我相亲，让我早点找个儿媳妇，我也的确去相过几次亲。但只要我说我不喜欢或者还没准备好，我妈又会很开明地说，没关系。

可不熟的亲戚朋友们，却还是抓住这件事不放。

我实在无法理解，本来我们就不太熟，怎么一提到这些话题，我们就变成亲密的人了？

当身边的人都开始结婚生子，当你的长辈父母都开始以你为话题中心，当你的朋友无法理解你的坚持，当你开始觉得自己格格不入的时候，你会怎么选？

将就吗？妥协吗？还是跟有些人一样再也不相信爱情？

妥协太容易了，你只需要说服自己，就可以跟他们一样。

但妥协也太难了，你必须要说服自己，换一种生活方式。

我知道的，你不甘心。

你活了二十多年，用心生活，一步一步变成现在的样子，没有人知道你有多辛苦。你减肥，你健身，你学习，你读书，你相信这世上有个词叫气质，气质就藏在你的眼神、你的言谈举止里。你认真丰富自己，不是为了不结婚，只是为了能遇到爱情再结婚。

凭什么被别人否定？

那我告诉你，你不该被任何人否定。

一件事坚持了那么久而你依旧觉得舒服，那这件事对你来说就是对的。

四

还年轻的时候，我希望全世界都是我的，希望有很多的朋友，觉得朋友越多越好，而自己一定要在交友圈的中央，这样才显得我被需要。

被迫也好，主动选择也好，我偏偏在很早的年纪就开始一个人生活。

或许也因为这样，我比一些人成长得快些。

于是我终于明白，是我在乎的东西变少了。

陌生人的认同不再那么重要，喜欢的东西也不一定非要分享。

就像有那么一阵子，我希望身边的所有朋友都喜欢五月天和Coldplay（酷玩乐队），当我把那首 *Yellow* 放给很多人听，才发现并不是每个人都那么喜欢。那时我觉得生气，心里想，为什么这么好的东西会有人不喜欢。

没什么的，每个人都是不同的，他们不喜欢就不喜欢好了，那些歌一直在耳机里，感动着能听懂它们的人。

只不过有些时刻，我还是不甘心。

我知道的，你不甘心。
不甘心的是那些你真正在乎的人，跟你渐行渐远。

你明明有用心珍惜，可无法接受朋友越来越少；你明明真诚待人，可那个人转头就跟别人说你的不好；你明明什么都没做错，可就是有人逼着你去道歉。
你有时怀疑自己的那套准则，到底适不适合你现在的交际状态。

可能怎么办呢？你知道他们的小伎俩，你知道他们的举动，你就是没办法跟他们一样。你看电影时就会开振动，从来不大声喧哗；你就是习惯对服务员说谢谢，对每个人都保持礼貌。
不是装×，不是清高，而是这些东西早就融在你血液里了。
你改变不了，因为在你看来这就是你的日常，不这样才奇怪。

可就是有人觉得你是矫情是装×是做作，我知道你难过。

可难道要变成你不喜欢的那类人吗？然后跟他们做同样的事情吗？

不是的。

你要做的不过是坚持，因为我懂你，因为还有很多人懂你。

因为半山腰总是最挤的，你得到山顶看看。

五

某天你跟一个朋友说起自己的梦想，结果他一盆冷水泼下来顿时让你没了兴致，也许他根本没有意识到自己的一句话会给你带来这么大的阻力。

有人说："你折腾啥？"

别人总说你的生活真好啊，看你的照片过得很滋润。然而没有人知道你忙到半夜三点才睡觉，第二天一早又得爬起来。

我一个好朋友，失去了亲人，同时段男友跟她分手，第三天就照常去上班了，一如往常。只是她在去洗手间的时候听到别人说她真冷血，她把自己反锁在隔间里，无声地掉眼泪。

让你难过的事情太多了，你只是想要调整好自己给别人一个好状态，可有人偏偏抓住你的痛脚，说你是没心没肺。

你想要去的地方你真的在认真打算，可有人偏偏要冷嘲热讽。

他们学不会的，学不会无法理解的事情就保持沉默，学不会对每个在自己领域努力的人表示尊重。学不会的，他们永远就在他们的井里，永远到不了你这边，永远触摸不到天空。

六

不甘心。

我知道的。

你的所有成绩所有努力无法得到认可，当然不甘心。

可我怕你久而久之习惯了，你开始怀疑真诚，你开始怀疑热血，你开始怀疑努力，你开始怀疑所有美好的意义。

有那么一段时间，我们什么都不愿意去相信了。

我知道的，我也这样过。

迷雾笼罩在前，回头看不见退路，你站在你的世界中心，处处都是岔路，而你看不到站牌。没有指示标，没有人在前方，你只有自己。

而你的心里有"放弃"和"坚持"这两个按键，你告诉自己按下放弃键，你就能摆脱一切负担。

可你按不下去，你知道你按下了放弃键，不是放下所有负担，而是在你的心里上一层锁。

而你知道自己还没到绝望的时候。

人为什么要往前走？

因为你不到最后永远不知道自己的命运会如何，你也不知道未来是不是会有个好结果。你始终有机会去到你想去的地方，而你知道你停在原地的话你哪里都去不了。

而我知道你也曾热血过，你也曾为了一件事情拼命过，只是你慢慢忘记，渐渐懒惰，那样的热血仿佛从来都没有过。

不是的，仔细回想吧。

回想起来吧。

七

我身边的人们，跟我大多三观相同，习惯相同，目标一致。

人人有着自己的坚持，都在用自己的方式活着。

我们也常聚会，抱团取暖。我们也常独处，静静思考。

深夜的时候我们都不睡觉，让音乐陪着我们。

为什么选择这样的生活?

是因为我们都太了解自己了。

了解自己内心那团火一直燃着,带着你一路披荆斩棘,去一个你必
须要去的地方。

了解自己生来就是这个性格,做不来巧取豪夺,学不来花言巧语,
宁可这么笨拙地生活着。

了解自己害怕给别人带来不安,如果可以,宁可选择麻烦自己,也
不要去麻烦别人。

也因为随着一路成长,再也没力气去取悦谁了。

无须从别人的称赞中得到力量,也无须从别人的生活里找到归宿。

那么如果自由的代价是孤独,我便坦然接受。

我等的,一定是一个理解我又被我理解的人。

我爱的,和爱我的我都不选,我选的一定是那个我爱且爱我的人。

绝不将就。

去喜欢一个让你有动力的人吧,每天起来都觉得阳光万里;而不是
喜欢一个让你有伤口的人,每天睡去都觉得万籁俱寂。

要每天过得充实,不管别人是否认同,也不管他们是否在意,这世

上有那么多人，余生还长，总有人懂得欣赏。

就算日落，也有一万种色彩。

还有爬起来的力气，就不要让自己躺在地上太久。路的尽头不见得
跟想象中一样，但你得走过去看看。

给你一管热血，你可别尿啊。

就算被命运打败了，大不了拍拍灰尘，说刚才是老子大意，我们三
局两胜。

就算失策失措失意失落，你也能挺直了背，说一句：这一路走来，
我从来没尿过。

如果你有想坚持的东西，
扫码回复"不甘心"，我有一句话想告诉你。

Part 2

你这辈子错过的那个好姑娘

刚刚和你一起看星星，我觉得很棒。
我知道你眼里的那颗星星不是我，可我还是喜欢你。

♪ BGM:《喜欢上你时的内心活动》陈绮贞

一

作为一个大龄单身男青年，这几年我不可避免地被逼着相亲。

逢年过节，我跟另一个万年单身狗包子的对话都是："嘿，包子，你妈逼你相亲了吗？"

包子回："你妈逼了？"

我用力点头："我妈逼了！"

好在我天生机智，总能找到合适的理由遁走。

但凡事总有例外。

那天我跟老陈打好暗号，老陈按照计划给我打电话。

一分钟后我挂完电话，对姑娘说："不好意思啊，我有个朋友生病了，我得去看看他。"

姑娘非常淡定，说："老陈他又怎么了？"

我边站起身边说："他吃小龙虾过敏了嘛，哎呀，我这个朋友很蠢的。"

姑娘说："老陈啊？上次他不是吃巧克力过敏了吗？我感觉你这个朋友人生很灰暗。"

我认真点点头，说："就是啊。"

……………

我突然意识到哪里不对，僵在原地。

我擦擦额头的汗，说："你是怎么知道他叫老陈的？"

姑娘扑哧一笑，说："我和大丁是好朋友啊，你的这些招，我在来之前就知道了。"

大丁是老陈的老婆。

俗话说得好，常在河边走，哪儿能不湿鞋。我这次一个打滑，连人带鞋摔进了河里。

我一脸尴尬地坐下来，脑袋里开始盘算着怎么给姑娘一个交代。

姑娘哈哈笑出声来，说："没关系，我也是被我妈逼的，正好大丁说你也是被逼的，我顺水推舟来了，正好堵堵我妈的嘴。"

二

姑娘的名字叫韩琪，后来她就成了我的好朋友。

韩琪那天边吃着自助边跟我展示她的价值观，她说："你看，长辈们老觉得婚姻是顶天的大事，我倒觉得没什么。电影可以一个人看，饭可以一个人吃，旅行可以一个人去，所谓的梦想也可以一个人到达，谁规定必须身边有个他？"

我点头赞同，说："不过还是有件事你需要一个他的。"

韩琪一脸疑惑地问："什么事。"

我说："生孩子。"

韩琪抢过我的盘子，边吃边说："哈哈哈哈哈，滚蛋，这顿饭你请。"

我看着她狼吞虎咽的样子，脑海里不禁有个疑问：为什么有的人这么能吃也不胖呢？

韩琪说："我没有办法为了别人委屈自己，所以单着也挺好。如果没有办法把时间浪费在喜欢的人身上，我就把时间浪费在喜欢的事上。"

我问："比如呢？"

她吃了一口牛肉，说："比如吃啊。"

我们都不是为了别人准备的，我们是为了自己准备的。

我们有自己要走的路，要去的地方，陪伴在身旁的，是跟我们同行的那一个。

如果没有同行的那个人，索性一个人看风景。

除非两个人在一起感觉能更好，否则宁愿一个人生活。

就这点坚持，没办法妥协。

韩琪也是如此。

那时她身边有两个追求者，通通被她打发了回去。

其中一个死缠烂打。

有一天他在楼下对韩琪喊："你不下来我死也不走！"
韩琪下了楼，拿起电话说："喂，警察同志吗？这里有个变态，对对，就是××小区，请你们快来吧。"
男人怒喊："我哪里不好？你就这么嫌弃我？"

韩琪冷冷地说："没什么不好，我不喜欢而已。"

男人说："你想要什么我都能给你，我有车有房，还不够吗？"
韩琪不屑地说："老娘就讨厌以为自己有车有房就可以强占民女的人。"
说完韩琪就转身上楼了。

男人不肯走，在楼下骂骂咧咧。
突然楼上一盆水浇了下来，男人大骂："他妈的谁干的！"
一个声音从七楼传来："哦，可能萧敬腾刚刚坐飞机飞过，下雨了。"

另一个采取迂回战术，时不时给韩琪分享歌分享电影，大多没有回应，坚持了一段时间也只好放弃。

据说有一天他给韩琪发了张星空的照片，对她说："我想和你一起看星星。"

韩琪回："你可别逗了，今天雾霾天，你告诉我北京哪儿来的星星？"

三

老陈比较直白，说："韩琪你活该单身，你说甜蜜的你拆台，现实的你又不要，你这么机智没人敢要你。"

我也问："韩琪你想要的是什么？"

韩琪说："我等的不是一个什么样什么样具体的人，而是那个人能给我带来的感觉。"

我不明所以，韩琪继续解释："可能是一种熟悉的语气，可能是一种很棒的习惯，可能是一种开心的感觉，我要的就是这些。"

我一时无言以对，对她说："你这也太意识流了。"

韩琪撩了下头发，说："姐行走江湖多年，凭的就是意识流。"

那阵子恰逢年前，韩琪的相亲一直没断过。

每次韩琪出发前给我使个眼色，我敬礼，说："放心吧，保证完成任务。"晚上八点，我估摸着韩琪要坐不住了，就打电话给她："韩琪，那个电影快开场了啊，你快来。"

韩琪对着电话说："什么？出什么事了？你把地址告诉我，我马上就到。"

演技无疑是奥斯卡最佳女主。

我们有时也会真的去看场电影，更多的时候是我们叫上大丁和老陈一起喝酒，几个人喝得兴致勃勃，一起吐槽遇到的"奇葩"事，意外地聊得来。

有一次老陈没空，我们就去看了场电影。

那天我有点感冒，看电影的时候打了个喷嚏。

韩琪问我："怎么感冒了？"

我摆摆手，说："没事，很快能好。"

看完电影，韩琪看看表，嘟囔着："可惜附近的药店都关门了。"

我笑着说："感冒而已，没事的。"

送她回家后我到家，刚洗完澡躺下，突然接到韩琪的电话。

她说："我实在没找到药店，只好去便利店买了点泡腾片给你。"

我说："没事的啦。"

她正色说："不行，你从明天起，每天泡一片。"

四

过完年韩琪回北京，没多久我去北京玩，正赶上她搬家。晚上她叫
了几个朋友一起喝酒，我跟她的几个朋友都不太熟，就走到阳台看
看风景。

韩琪拿着两个酒杯走过来，说："这种时刻就别难过了。"

我说："没有。"

韩琪递给我一个酒杯，说："是吗？我刚才看你的样子，还以为你
想到了什么。"

我摇摇头，说："只是觉得大家不太熟。"

韩琪说："还是习惯一个人待着吗？"

我说："可能我懒吧，我不是那种拼命找话题的人，碰上聊不来的
话题我又懒得去插话，这时候一个人待着比较舒服。"

韩琪说："你看，这就是我要的东西，我想两个人在一起开心，在
一起舒服，其实一点都不意识流。"

那天北京是难得的好天气，抬头看恍惚间能看到几颗星星。

韩琪边喝酒边说："其实我也喜欢看星星，其实我也觉得地铁很挤，但他们都抓不到重点。星星很好，但身边的人的感受更重要。不是说去看星星觉得很棒，而是跟喜欢的人一起去看星星很棒。事情很重要，但做事情的人更重要。"

我认真思考了一下，对韩琪说："其实……你还是有点意识流。"
韩琪说："意识流你大爷，等下你帮我收拾。"

我一看客厅杯盘狼藉，心想：你大爷的。

收拾完已经凌晨，我睡意一阵阵往上涌，韩琪送我下楼等车。
等车时她对我说了句什么，我却走了神。
等到我再问，她打了一下我的肩膀，说："我说过去的事情你就别想啦。"

我笑着说："真没有。"
韩琪说："别装啦，我知道你心里装着个人。心里装个人的感觉我也懂，就算她远在天边，就算你的眼前有良人，你的心还是在她那儿。我知道的。"

临走时她塞给我一管泡腾片，说："北京这地方不养人，你这体质容易生病，上次的泡腾片喝完了吧。喏，给你，记得……"

我抢过话头："每天泡一片。"

她不忘叮嘱我："你别嘴上说说啊，记得真喝！"

五

一个月后我离开北京回墨尔本，韩琪来送我。

我上飞机前，韩琪问我："你知道为什么我明知道你去相亲也只是走过场，却还是去了吗？"

我说："不是因为你想堵上你妈的嘴吗？"

韩琪摇摇头，说："总是差点。"

我说："我答应过一个人一件事。"

韩琪问："什么事？"

我说："看日出。"

韩琪问："怎么说这个。"

我说："我是一个等日出的人，而你最爱的是夜空里的星星。"

韩琪笑着抱抱我，说："我知道的，哎呀你快走啦，你要来不及了。"

就这样，她一边催一边把我推进海关。

我回过头跟她挥手再见，不知道为什么有些恍惚，总觉得缺了点什么。

后来很长一段时间没见到她，她给我打电话。我心想：妈了个蛋居然打国际长途，一定是有什么要紧事。但我还是没有想到她接下来要对我说的话，她说自己要结婚了。

我从床上蹦起来，说："这他妈是个好消息，你快跟我说说你这单身问题是怎么解决的。"

韩琪说："你没什么别的要说吗？"

我说："有啊！早生贵子百年好合么么哒！恭喜我们的韩琪姑娘不用再相亲了，太不容易了。"

韩琪说："果然到最后你还是差点。"

我说："啊？"

可韩琪挂了电话。

六

然后呢？然后半年后我去北京，想要找她，发现她搬了家。

照她以前的电话打过去，没人接。

给她发微信，没人回。

我问大丁韩琪的消息，问韩琪的婚后生活怎么样。
大丁却一脸震惊，说："韩琪根本就没有结婚啊。"

换我一脸震惊，忙跟大丁解释说："韩琪那时给我打电话说自己要
结婚了。"
大丁说韩琪没结婚，只是后来辞了在北京的工作，回家了。

两天后我去出版社签书，编辑给了我一张明信片。
我心想这年头谁会给我寄明信片，却看到明信片上写着短短两行字：
我和我的词不达意，你和你的心领神会。本以为是这样，可还是差点。

我的心像是被扎了一样。

那天我跟她在机场告别时的情景，常出现在我脑海里，变成梦境，
我分不清真假。
脑海里有个姑娘问："你知道为什么那天我会去找你吗？"
我说："因为你想摆脱你妈的唠叨。"
姑娘说："不对。"
我说："因为你想免费吃顿饭。"

姑娘说："你再猜。"

我说："难道是因为你想见我？"

然后转眼身边人来人往，姑娘给我的回应被埋在人海里，我没能听到。

醒过来我才想起来，我们没有好好告别。

七

后来我去了很多地方等日出。

有一次在墨尔本的海边，海边很冷，我穿得很少，只好哆哆嗦嗦硬着头皮死撑，一抬头却瞥见一片银河，拿起手机拍了一张。

空闲时我又拍了几张墨尔本城市里的照片，本来打算当成新书的插图用。可我的技术有限，没能过关。不想浪费这几张照片，想了想就放到了微博上。

过了一会儿我的邮箱多了一封邮件，来自一个我不认识的邮箱。

我疑惑地打开邮件，附件是很多墨尔本的照片。

落款是：意识流少女。

我不知道她什么时候来的墨尔本，照片里是各种墨尔本的夜空。

我一张张认真查看，突然看到一张一模一样的星空。
原来有那么一天，她跟我去了同一个海滩。

我翻到照片的最后一张，是她拍的一行字。
我认得出来，是她写的，这行字写着：我喜欢你的一句话，愿有人懂你的欲言又止。我以为这样就好，可后来我明明知道你在难过什么，却没法安慰你。我总是这么词不达意，可后来我想通啦，喜欢星空的人，总爱追逐那颗星星。等日出的人，等的是黑夜都过去。我懂的，你要好好的，我们都要幸福。

PS：泡腾片，你要每天喝一杯。

我怔了一会儿，脑袋里不断浮现出她搬家那天晚上的情形。
她送我时说的那句话，其实我听到了。

刚刚和你一起看星星，我觉得很棒。
我知道你眼里的那颗星星不是我，可我还是喜欢你。

我知道你也有自己的执着，
扫码回复"墨尔本"，送一片当时的星空给你。

我只想陪着你，在墙角蹲一会儿

仿佛只有在黑夜中，我们才得以是我们自己。我们才能把所有的情绪，都融进一首歌里，然后无声地掉眼泪。

BGM: *7 years*, Lukas Graham

一

我二年级前不太能讲话。

我生下来就得了一种病：先天性大舌头。那时我的舌头不能正常自由地前伸，舌尖不能上翘。
后来我才知道这种病有一个学名，叫：舌系带过短。
简而言之，除了不太能讲话以外，吃饭咀嚼也有一些问题。

童年时的我不以为意，以为这不是什么大不了的毛病。
我妈妈说："浩浩，没关系的，小朋友都是这样不太能讲话的。"

直到我上小学一年级。
不对啊，妈妈，他们讲话都很流利啊！

早慧的我意识到，一定是我的舌头出了什么问题。
回家质问我妈，我妈说："浩浩，你再等一年，到时候我们就去做手术。"
天哪，这么小的年纪就要做手术，太酷了吧。幼小的我想。

事实上这一点都不酷。

至少在那一年，我被班级里的人嘲笑。

可能很多孩子压根儿不知道智障到底是什么意思，就用这个词来形容我。

"你看那个智障，连话都讲不清楚呢。"

我虽然也不明白智障到底是个什么意思，但看他们的嘴脸就知道这不是什么好词。

但那时我无能为力。

打回去吧，因为不太吃肉，论体格我压根儿打不过。

骂回去吧，他大爷的那时候我又不太能讲话，简直是一种天大的讽刺。

只能忍着，想着他们骂着骂着就不骂了。

于是把自己当成透明的，不敢跟别人多说几句话，也不敢去外面跟其他小朋友玩。

有次语文老师喊同学起来读课文。

有个男同学举手，站起来说："老师，让卢思浩读吧。"

满堂哄笑。

我恨不得变成地上的灰尘。快让我隐身吧，快让我隐身吧，我在内心呼喊。

这时有个人站了起来，说："老师，我觉得他们嘲笑一个人很没有礼貌。"

整个教室瞬间安静下来。

这个人就是我最好的朋友之一。

包子。

那天我特别难过，却又找不到什么发泄方法。

就一个人在所有人都离开之后，找一个墙角蹲着。

包子默默走过来，也不说什么话，就陪我蹲着。

一年后我做完手术，心想我要比那些嘲笑我的人更厉害。

于是每天苦练念课文，你们不是让我念吗，我现在要比你们念得更流利。

我要扬眉吐气!

是包子陪着我一起练习念课文。

包子像个小大人一样给我讲道理："你不要理别人说什么，做得比他们好就行了。"

这句话，一直陪伴我到现在。

二

也许是小时候不能讲话的原因，我爱上了读书。

虽然我是班里最小的孩子，但我比班里大多数人懂得都多一些。

于是在五年级的时候，包子找我支着："怎么去认识隔壁班的女生呢？"

我灵光一闪，说："我回去看看书，书里面肯定有办法。"

于是我找来了我能找到的所有言情书，开始反复阅读寻找答案。

机智的我，从这些书里得到一个真理：男女主角的相遇，一定伴随着摔倒。

比如女主角在图书馆拿书的时候，一定会摔倒在男主角面前。

比如女主角赶着去上课的时候，一定会跟男主角撞个满怀。

第二天，我把这个真理告诉包子，包子深以为然。

我们开始仔细观察隔壁班花的行动轨迹。

十天过去了，我们终于注意到在早上第一节课之后，班花会拿着一摞作业本去老师的办公室。

潜伏这么久，终于等来了好机会，我一定要亲手把包子推出去。

这一天我瞅准机会，在班花经过的时候，用力推了包子一把。

包子顺势扑了出去。

一天之前，我已经替他们想好了剧本。

剧本应该是：包子把班花撞倒，包子回头骂我，包子蹲下来替班花捡作业本，包子不小心碰到班花的手，包子和班花坠入爱河。

天哪，完美!

可谁能想到校花居然灵巧地躲了过去，包子摔了一个狗吃屎。

…………

包子怒目圆睁，可能是想打我。

我落荒而逃。

我不顾一切地逃跑，根本没在意眼前的人是谁，一下把她撞翻在地。

我定定神，一看居然是班花。

包子冲到班花面前，包子回头骂我，包子蹲下来替班花捡作业本，包子不小心碰到班花的手。

我站在一旁看着这一幕上演。

我果然是个天才吧。
我抱着这样的信念用力点了点头。

我还在自我沉醉，只见班花站了起来，怒骂："你们两个神经病啊！"
包子非常错愕，转而非常愤怒。
我非常错愕，转而非常担忧。

我从包子的眼神中确信了：他不是可能想打我。
他是真的想打我。

我落荒而逃。

因为我这最开始的失误，包子初恋的时间，一下从五年级变成了大二。

三

高二的时候，NBA开始席卷中国。
我们也看起了NBA，主队是火箭，人人都爱姚明和麦迪。

我特立独行，喜欢湖人队，喜欢科比。

从此我跟包子看球分成两个阵营，我坚定地科密麦黑，他坚定地科
黑麦密。

有天早晨我拿着篮球杂志到学校，封面人物正好是科比。

包子走近，不屑地说："科比算什么，有我们麦迪厉害？"

我听了不乐意了，说："我科有三连冠，你麦能进季后赛第二轮吗？"

包子说："你科都是抱大腿，腊鸡（垃圾）。"

我说："你再说一遍？"

包子说："腊鸡。"

我拍桌而起，说："你侮辱我可以，侮辱我偶像不行。"

包子说："呸，我就侮辱科比，怎么了？"

我甩甩袖子，说："一会儿操场比球，单挑。"

他说："好啊。"

等到晚自习，我还在气头上，包子说："有种现在就比啊。"

我说："还在上晚自习呢。"

他说："不敢？"

哎哟呵，挑衅我，不能忍，走就走。

就这样我们翘了晚自习，偷偷跑去体育馆。

又不敢开灯，好在窗外有光透进来，勉强可以看清篮筐。

打了四轮，2比2，我们摩拳擦掌准备进行最后的决斗，突然听到门口一声大喝："你们在干吗？"

我们拔腿就跑。

跑到一半包子又折了回去，我大喊："你回去干吗？"

他说："拿球！"

那个篮球是我送给包子的生日礼物，我们每次打球都用这个球。

我知道包子这一折回去，肯定会被抓个正着。

在那一瞬间，我做出了决定，不就是被骂吗，大不了一起受罚。

就这样，我们两个像小鸡一样被体育老师拎到班主任面前，班主任怒不可遏，把我们臭骂一顿。

包子嚷嚷："你们懂什么，这是男人之间的决斗。"

班主任说："哟，还得意起来了，你们这叫个屁决斗，幼稚！幼稚！"

第二天，我们被班主任通报批评，被罚午休时去艺术楼打扫卫生。

我说："我们的决斗被叫停，这次不算，下次再打。"

包子说："要不是被发现，那局我早赢了。"

我刚想反驳，他说："其实……科比是真的挺厉害的。"

我愣了一下，转而跟他一起哈哈大笑起来。

四

2011年，我迎来人生中比较惨淡的日子。

那年我擅自回国，却没有顺利找到房子，没有地方可去，因为被骗，说好的书没有人管，钱却已经所剩无几，只能流浪各大地铁站、肯德基和麦当劳。

芋头也一样，为了男友去了上海，却在家里找到第三个人的痕迹。

晚上我们一起去黄浦江边吹风。

那年我们都是不爱穿秋裤的少年，我和包子一个嫌累赘，一个不怕冷，芋头爱美，就是大冬天她也敢露大腿。上海的冬天光看温度还能忍受，但真跑到室外吹风那就是钻心地疼。神作死的三人都穿着单衣，在江边也不聊啥，就坐在台阶上看天，只有天知道天有什么好看的。

然后芋头开始大喊："我已经忘记你了！"

包子跟我对视一眼，走到芋头身边，陪着她一起喊。

临近天亮，我们哆哆嗦嗦地窝在凳子上等日出。

我们仿佛被世界抛弃，没有人在意我们，全世界也只剩下我们三个。

芋头突然开口唱：如果冷，该怎么度过。

我们接着唱：天边风光身边的我都不在你眼中，你的眼中藏着什么我从来都不懂，没有关系你的世界，就让你拥有，不打扰是我的温柔。

黄浦江边会迎来人群，黑夜的上海会被阳光唤醒，而我们拼命想抓住最后的黑夜。

仿佛只有在黑夜中，我们才得以是我们自己。我们才能把所有的情绪，都融进一首歌里，然后无声地掉眼泪。

包子开口问："你们啊，都难过所以才来吹风，我最近又没什么心事，不知道为什么要陪你们吹风，也奇怪，不知道为什么跟你们吹风我觉得特舒服。"

我哈哈大笑，说："或许因为这样，我们才是好朋友吧。"

芋头擦干眼泪，骂我："气氛都被你破坏了。"

然后我们三个都哈哈大笑起来。

那是我第一次为了等日出，看到天亮。

从没想到以后有一天，我会走遍全世界看日出。

临走时，包子给了我一笔钱，说："你是我见过最努力的人，如果老天不给你机会，他就是瞎了眼。你可别尿啊，撑下去，撑不下去了，我们就撑着你。"

我什么都没说，没要他的钱。
他也什么都没说，拍拍我的肩膀，说加油。

那时我想，如果我的船在人生的海上沉了，我也要拼命游到岸边。
因为岸边，有我的好朋友等着我。

五

时间回到包子大二的时候，他遇上了他的初恋，毫无预兆地陷入爱河。

2012年8月，包子给我打越洋电话，说自己准备求婚。
那时我正在睡梦中，迷迷糊糊地说："真的吗？毕业没多久就结婚？"
他大吼一声："对啊，这是我的理想！"

我瞬间清醒，兴奋地从床上蹦起来，跟他一起制订他的求婚计划。
脑海里突然想起五年级的时候，我们一起制订的认识班花大作战计划。

跟那次一样，包子的满腔热忱撞到了冰山，再次摔了一个狗吃屎。

包子准备了盛大的求婚仪式，费尽心思弄来很多烟花。

求婚那天，他先是放了远方的几束烟花，放完后对姑娘说："怎么样？"

姑娘笑靥如花，说好看。

包子神秘地说："还有更好看的。"

朋友们点起藏在他身后不远处的烟花，他却没有回头。

那一刻，他眼里只有眼前睁大双眼满脸欣喜的姑娘，就算烟花再美，也美不过眼前的良人。

时机已到，包子求婚。

姑娘却愣住了，没有同意也没有拒绝。

包子僵在原地，收回戒指，讪笑着说："没关系，你不要有压力，我们之后再说。"

三个月后，姑娘跟包子分手，说："最近想了很多，可能我们还是不合适。"

包子问："哪里不合适了？"

姑娘说："我暂时还不想要婚姻，我还想自由一段时间。"

包子慌忙说："是不是那次求婚我给你压力了，你可以当作没发生过啊。"

姑娘摇摇头，说："我们真的不合适。"

就这样，姑娘消失在我们的生活中。

那时我在包子身边，所有人都安慰包子，可我能读懂他的眼神。

眼神里他说，不要安慰我。

我说："想去哪儿疯，我陪你。"

他说："我想出去走走。"

我掏出钱包，说："好，我们打车。"

包子笑着摇摇头，说："我想去的地方太远，要坐飞机。"

我掏出银行卡，说："你说，哪儿，我陪你去。"

包子说："好，你先回家收拾行李，一个小时后我们在这里集合。"

一小时后我没有等到他。

给他打电话，他说："我已经到机场了，你别赶过来了，我想一个人去一些地方看看。"

我没再追问，只是让他路上注意安全。

一个半月，包子了无音信。

后来他回来了，我问："去哪儿了？"

他说："去了一些地方，给她寄路上拍下的照片。"

我问："知道她新的住址了？"

包子说："哪儿能呢，旧地址。"

我心里五味杂陈，那么多念念不忘，那么多没有回响。

不知道该说什么，只好走到窗边透气。他走过来说："道理我都懂的，你别劝我。"

我说："我不劝你，但你以后无论去哪里，都在群里跟我们说一句。免得你消失了，我们满世界找你。"

他说："兄弟，谢谢。"

我说："怎么又说谢谢？"

他说："谢谢你没劝我。"

六

2013年，终于有了人生第一场签售。

内心忐忑不安，怕到整夜失眠。一早爬起来熨衬衫，暗自祈祷一定要有人来，哪怕一个都好哪怕一个都好。

后来来了很多人，晚上我回酒店，对着镜子里那张熟悉的脸，暗暗发誓：我一定要扎下根来。

包子晚上给我发信息：今天怎么样，成功吗？

我回：嗯。

他给我打来电话，听起来比我还开心。

2014年，王府井签售。

我还是忐忑不安，再次失眠，第二天匆匆忙忙，忘了准备一些东西。

晚上回家看着满桌子的礼物，突然很想哭。

脑海里是那个少年，那个少年揣着25块钱，兴冲冲到了上海，等着自己的第一本书上市。可什么都没有，没有自己的书，没有预想中的第一笔钱。

第二天我去书店买了一本自己的书，三年了，我想我终于游到了岸边。

晚上我跟包子聚会，把书送给了他。

他哈哈大笑，问："书里有写我吗？"

我说："当然了。"

他问："是不是最帅的那一个？"

我说："最傻的那一个就是你了。"

他一边笑着骂我，一边举起酒杯，说："你看我就说你能撑过来的。"

我问："你呢？"

他说："放下了。"

我问："真的？"

他点点头。

2017年春节，我们一起去湖边放了个烟花。

我们自拍了一张，里面有我，有老唐，有老陈，有包子。

晚上我把照片传到了群里。

群的名字是：下一个二十年。

七

这二十年来，我们从男孩变成大人。

物是人非对我们都是伪命题，因为那些曾经存在过的建筑，早就改头换面。

那所初中，已经被拆了。那所高中，也已经面目全非。

我有时自己走到熟悉的路边，却看不到熟悉的建筑，也会怀疑那些热血热泪的青春是不是真的存在过。

还好我有他们，能一起证明过去的一切，是真实存在的。

那些情感，也是真实存在的。

而我们这些年的相处模式，就是这样。

所有重要的日子，都一起见证，彼此真心地祝福。

那些难过的日子，都一起陪伴，也不说些什么大道理。

难过的时候，所有人都给你讲一堆大道理。

只有你的好朋友，懂你的沉默，陪你一起在墙角蹲着。

数一数我们还有多少个二十年，
扫码给我讲一讲，你和好朋友的故事。

那么，你信不信星座？

生活还是那样，它只是静静地在这儿看着你，等着你走出改变的第一步。

BGM:《可惜我是水瓶座》杨千嬅

一

听孙淼淼说她妈妈给她算过命，她命里缺水，所以她妈妈给她起了这个名字。

老陈表示过质疑，说："淼淼，我们是社会主义接班人，不能迷信。"

淼淼严肃地说："这不是迷信，我小时候溺过水，就是因为水神不保佑我。这些年，我都不敢一个人去海边。"

有一天她拿着星座书一本正经地研究，突然问我："思浩，你知道哪些是水象星座？"

我认真思考了一阵子："水……水瓶？"

她合上书，说："水瓶座是风象星座！天蝎、双鱼、巨蟹才是水象星座！"

我突然来了兴趣，问："那摩羯呢？"

淼淼说："摩羯啊，土象星座啊！俗称土鳖。"

我掀桌："哪里土鳖了！你看我土鳖吗？！"

淼淼看了我一眼，说："土啊！"

嗯？嗯？！土个屁啊！卢思浩的定位可是时尚男孩好吗！

从此我坚定了不让她再给我看星座的决心。

二

2012年的一天，她突然发信息给我："老卢，来上海。"

我当然不肯挪窝，回复她："从张家港过去很麻烦的！"

淼淼说："出事啦，你快来！"

我立刻离开家，行李都没收拾，一刻不停地奔赴上海。

淼淼来接我，我上车后问她："出什么事了？"

她怯生生地说："能不能……借我点钱？"

我说："好啊，多少？"

淼淼说："五万。"

我一惊："你出什么事了？"

她说："不是我，是沈洋出事了。"

沈洋是她男朋友，她说他工作搞砸了，不仅要被开除，还要承担损

失。她死活借了十五万，还差最后五万。

我叹口气，说："你把你卡号发我。"

她说："等我有钱一定还你。"

我说："不着急啦，对了，我有个问题问你。"

她说："什么？"
我说："摩羯座是不是特别帅气？"

她哈哈大笑，点点头，没再说什么。
上海的冬天寒风刺骨，我看着窗外，下意识地裹了裹围巾。

第二天我请他们吃饭，沈洋的作风一点没变。
一身名牌倒也没什么，只是买单的时候他炫耀着自己最近刚买的钱包，将近一万块钱。
我忍着，心想作为外人也不方便说什么。

沈洋走后，我没忍住，还是开口问："淼淼，你实话告诉我，他是不是还大手大脚地花钱？"
她沉默一会儿，说："他这个人就是要面子，没事，钱还够。"
我说："够？那你还到处借钱？"
她没再说话。

临走时我说："淼淼，钱从来不是什么大问题，但他从来不肯为你花，这是个问题。要面子也不是什么问题，但问题是他惹出来的，他至少也该节制。"
淼淼没正面回答，反问我："你知道当时他怎么跟我表白的吗？"

她说："是在海边。我从小到大没有看过海，是他带我去的；我从来没敢潜过水，虽然我会游泳，第一次潜水是他牵着我的手下水的。你知道吗？很奇怪，我明明很怕水，可是他在我身边我就什么都不怕了。后来他说他知道我从小就怕水，以后他就做我的船，永远不会沉的船。"

我想起他们刚谈恋爱的那阵子，沈洋带淼淼去了很多地方，都是她一个人不敢去的地方。

我问："如果那艘船上的乘客不是你呢？"
她想了想说："那我也不能离开他，我怕溺水。"
正好一阵寒风，我忍不住打了个冷战，不知道应该说什么。

三

记忆里淼淼是一个从来不会发脾气的人。
不是说她没有脾气，而是她太能忍耐，我甚至从没见过她跟别人大声说话。
有一次我们吃饭，她被别人不小心泼了一身汤。
我站起来跟那个人理论，她却拉拉我的袖子，说："没事没事，他也不是故意的。"

我说："淼淼，他都没有跟你道歉的意思。"

她说："算了算了。"

所以她跟沈洋从来没有吵过架。

即使错的不是她，她也会先服软道歉。

我们在上海时，偶尔聚会。

有一天我们一起唱歌，刚开始几分钟，淼淼接了一个电话，就对我们抱歉地说："不好意思我要先回家了。"

我说："这才八点半啊，你就要回家了？"

淼淼摸摸头，说："不好意思啊，我要去接沈洋。"

其实我们都知道，沈洋一直在外面花天酒地。

也不是没有劝过淼淼，可淼淼总说："他就是爱玩了一点，对我挺好的。"

老陈一向直接，问："淼淼你跟他在一起这么久了，见过他几个朋友？"

淼淼支支吾吾地说："见过几个的……"

老陈不屑地说："是吗？"

淼淼说："就是他喝多了我去接他的时候，能遇到他几个朋友的……"

我问："那他有介绍你吗？"

淼淼的头低了下去，摇摇头。

她挤出一个笑容，说："没关系，沈洋就是这个性格。"

老陈忙说："淼淼，我不是这个意思。"

淼淼没回答，说："那我先走啦，下次再聚。"

第二天我听说他们大吵一架，原因是她晚到了几分钟。

在那之后我就很少见到她了，就连她的闺密都很少见到她。

几个月后终于见到她，才发现她已经完全变了一个样子。

帆布鞋换成恨天高，黑头发也变成了亚麻色。

没变的是聚会不到半小时，她就说要走了，要去接沈洋回家。

临走时她偷偷跟我说："别告诉他我今天出门了啊。"

四

后来我就回了墨尔本，很久没有跟淼淼见面。

夏天的时候，有一次落地上海浦东，想着给淼淼发个信息。

她说："我还没下班，一会儿给你电话。"

我看了眼时间，已经是晚上九点半。

她回电话的时候，已经夜里一点了。

接到电话，我问："怎么这么晚？"

她说："刚下班。"

我说："沈洋允许你这么晚出门吗？"

电话那边一阵沉默，直到她说："见面说吧。"

我赶到烧烤摊时淼淼已经到了，远远看到她略微有些心疼。

烧烤摊人声鼎沸，而她用手撑着脑袋，默默地在桌边打着瞌睡。

我拉开凳子坐下，淼淼睁开眼，说："你到啦，来来来，我们喝一杯。"

我说："好，我们好好喝几杯。"

淼淼说："那不行，我明天一早还要上班呢，一杯，就一杯。"

我放下筷子，说："怎么把自己搞得这么辛苦。"

她不好意思地说："那个，钱，我能不能稍微晚点还你？"

我岔开话题，问："对了……沈洋呢？"

她抿着嘴唇，说："我们分手了。"

我一惊，问："谁提的？"

她沉默了一会儿，轻声说："他。"

我忍住站起来掀桌的冲动问："为什么？"

她说话的声音几乎沉到了桌底，说："他说我没好好陪他。"

我无法保持冷静，说："你告诉我那个王八蛋在哪儿。"

淼淼站起来把我摁下，说："老卢，你别冲动，我都不生气你生什么气?"

我说:"淼淼,你怎么可能不生气???"

她说:"我知道他对我好的时候,是真好。我想过了,他在我最难过的时候陪过我,他带我去看过以前从来没看过的风景,我得还他。"

我说:"淼淼,你难道没想过他跟你在一起的时候,他也是开心的吗?你为什么总是看着别人对你的好,不看你对别人的好呢?你从西安为他来上海,你为他改变自己的爱好,这还不够吗?"

淼淼沉默,一言不发。

我不知道是不是我的话说得太重了。

可我忍不住。

淼淼说:"我怕我离开了他哪里都去不了。"

我还想说些什么,她说:"你别担心我,我们火象星座的人乐观开朗,即使遇到困难,也会马上振作起来。"

我记得淼淼刚开始认识沈洋的时候,发疯一般查星盘,终于得出结论:她跟沈洋是绝配。

我暗想，如果星座书上说的都是真的，那为什么淼淼跟他没办法走到最后呢？

路灯昏黄，映在她的脸上，她脸上挂着笑容。
我看过淼淼很多次的笑脸，这一次，却没能掩饰她的难过。

五

我本来以为他们的故事，可以到此就告一段落。
可一个月后他们就和好了。

淼淼看到沈洋的那一刻，就彻底投降了。
那些为了借钱打电话的日子，那些默默加班的夜晚，仿佛都跟眼前这个人没有关系。
在她心里，他还是那个初识的少年，带她去看海的少年，带她坐旋转木马的少年，带她走遍上海的每个街道的少年。
而他也没有一丝愧疚，拿了她的钱还债，仿佛这笔债务跟他就再也没有关系。
而她为了替他还钱欠下的债，已经不关他的事了。

他回来了，她失衡的世界，仿佛又重新有了重心。

于是淼淼又过起了疯狂加班，还要抽出时间去接烂醉如泥的男友的日子。

就这样，他回来了，过去的伤痕被洗刷得一干二净。

可是很快他们就又分手了，理由是淼淼在他玩的时候多打了几个电话。

淼淼一声不吭，再次被分手，以被通知的方式。

隔天小裴给我发信息，说淼淼大病了一场。

我们赶到上海，淼淼看似恢复了大半，可双眼还是没有精神。

我们谁都没有劝，只是静静地坐在她身边陪她。

良久，她开口，说："我想离开上海了。"

我问："什么时候走？"

她说："等我把钱还完就走。"

我说："淼淼，其实你欠我的钱不用着急还。"

她打断我，说："不行，这是我欠你们的，我得赶紧还了。"

我问："那你自以为欠他的呢？"

她笑笑，说："我不知道。"

那天她大哭一场，再也挤不出一丝笑容，眼神里写着绝望。

她在小裴怀里大哭一场，说："小裴，我好累。"

为什么觉得累呢？

有人说，人变老是先从心开始的。

其实不是的，人变老不是从心开始的，是从你觉得累开始的。

一次力不从心，两次力不从心，于是你的心也跟着放弃了。

世上那么多放弃，其实都是一句"我累了"。

六

2013年年底，我接到淼淼的电话。

她在电话那头哭泣，我问怎么了，她没有回答。

我没有打破沉默，听着她哭，直到她挂了电话。

小裴说，她去找过淼淼，可惜没怎么聊，淼淼似乎每天二十四小时都在工作。

后来，淼淼再没打过电话给我，偶尔我们保持着短信联系。

她总说："我过得挺好的，别担心。"

2014年6月，世界开始放晴，淼淼来找我。

我问："怎么想到来张家港找我玩了？"

她说："一直都是你来上海，我才想到从没来过你家乡看看。"

我哈哈大笑，问："那你觉得我家乡怎么样？"

她也笑起来，说："你家乡还是很洋气的，可为什么你这么土？"

我说："要不我怎么是摩羯座呢？"

两个人捧腹大笑。

她说："其实摩羯座一点都不土，那都是我瞎说的。"

我"哦"了一声，感叹道："想不到你也有不信星座的时候啊。"

她眉毛一挑，说："因为我想通了啊，说着拿了一个信封出来。"

里面放着五万块钱，她抱歉地说："对不起，我赚钱很慢，你是我最后还钱的人。"

我说："这有什么关系。"

她说："你还记得我说我要离开上海吗？"

我点点头，说："什么时候走？"

她说："明天。"

我问："去哪儿？"

她说："你知道女孩子失恋为什么要剪短发吗？因为她们需要一个仪式来跟过去告别。我知道我做不到，我没办法剪短发就跟过去告别，只要还在这个城市，我就会想起曾经跟他一起生活过的细节。"

七

2016年，我去大连做校园活动，发了条朋友圈问大连有什么好吃好玩的，淼淼在底下回："你来大连啦？"

我回："你在大连？"

她说："我去年来的！来来来，我给你拍个小视频。"

我一看，她是在海边。

我诧异地问："你一个人去海边了？"

她说："哈哈哈哈，我还能在沙滩上玩水呢，厉害吧。"

我笑出声，说："全世界你最厉害，看你这大眼瞪的，里面写的都是自豪。"

她说："嗯，我就是想告诉你，我曾经觉得我自己哪儿都去不了，其实不是的。我一个人也能来海边，一个人也能去别的城市。我们都曾在感情里溺过水，却宁可在原地挣扎等那艘开走的船回来。我们小时候都笑刻舟求剑的人真傻，可我跟他又有什么分别？思浩，我想明白了，我命里缺的不是水，是别的。"

我问："是什么？"

她说："是勇气。"

我一愣，哈哈大笑，说："去浪吧。"

时间倒回到2014年，我送她走那天。
淼淼在离开之前，在车站前停了好一阵儿。
然后她才慢慢回过身来跟我告别。

她说："思浩，我不是真迷信星座，只是有时看到那些关于自己星座的好品质，总觉得自己也会有。他们说火象星座的人遇到困难也不怕，我就假装自己是这样的人。我这么相信着，自己心里就比较好受，好像是一道护身符一样。现在我想去试试，去试试自己到底是不是真是这样的人。"

那么，你信不信星座?
有人信，有人不信，其实无所谓的。
因为生活还是那样，它只是静静地在这儿看着你，等着你走出改变的第一步。
那么，你有没有改变的勇气?

 ⚐ 那么，你信不信星座呢? 扫码告诉我答案吧。

那熟悉的味道是一台时光机

记忆会模糊，熟悉的气味却不会。就像以前的夏日雨后，
你总能闻到空气中的泥土味道。

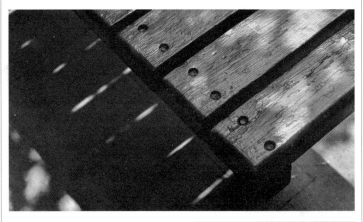

BGM: *500 miles* The Innocence Mission

一

有一段小时候的记忆。

是四五岁的时候吧。

那时我妈妈在医院工作，我总是见不到她。有天午睡做了一个噩梦醒来，第一反应就是想找我妈妈。我就这么溜出家门，可没想到自己迷了路。我退回到路口，不敢再乱走。脑袋开始嗡嗡响，汗从额头慢慢流下来，逐渐挡住我的视线。

我不知道该怎么回家，也不知道该怎么找医院。印象里明明医院就应该在附近，可我怎么也找不到。汗水流过脸颊滴在地上，我一个人坐在路边，无助地想流泪。

突然我闻到了消毒药水的味道。

小时候我奶奶会带我去医院，我先是在奶奶背后睡着，不一会儿我奶奶会把我轻轻叫醒，我还没睁开眼就能闻到一股消毒药水的味道，然后我就能看到我妈妈了。

我顺着消毒药水的味道一直走，终于，我听到了一个熟悉的阿姨的声音。

阿姨问我："你怎么来医院了？"

我说："我要找我妈妈。"

长大以后，我妈跟我说起这件事。

她说她还是不相信我是自己一个人走到医院的。

我挠挠头，说其实我自己也记不大清了。

我母亲在2002年离开医院，带着我跟着我爸离开小镇去了市区。

很久以后我回了一次老家，尝试着从老家走去医院。

奇怪的是，我怎么也没能再闻到那记忆中消毒药水的味道。

那么，是我记错了吗？

我也不知道。

可能是压根儿没有消毒药水的味道，可能是一个路人帮助了我，可能是我本来就模模糊糊地记得路，变成碎片压缩在回忆里，让自己都产生错觉，分不清自己的过去是梦还是现实。

也可能当你特别想念一个人的时候，你就是能闻到专属于她的味道。

二

因为就生活在长江边上，我从小就能吃到小龙虾和大闸蟹。

还记得很小的时候，天下大雨，水淹几百里。可还是得上学，穿着雨衣雨鞋踏在水里，有些路还能走，另外一些一脚踏下去就被淹在水里。水最深的地方，一直淹到我的大腿。本来路就不好走，我偏偏还摔了一跤，心情很糟，刚想发作，却突然发现水里游着好多小龙虾。

现在回想起来很是奇幻，居然能在大马路上看到小龙虾。
现在回想起来很是后悔，既然看到了，为什么不顺手抓几只呢？

还有一次，我跟我爸去长江边上捕螃蟹。
我……虽然爱吃螃蟹，可我看到活的螃蟹就是一躲十米。
因为害怕，螃蟹钳太可怕了。
后来鼓起勇气去抓螃蟹，我却一个不小心栽倒在池里，很多螃蟹立马扑了过来。

我现在还能想起当时的情形，那场景像极了《釜山行》。
其实我只要站起来逃跑就好了啊，区区螃蟹哪儿能追上我呢。
可那时我就是不知道怎么办，直到我爸一下把我从池子里抱起来，跟我妈在一旁哈哈大笑。

我已经记不得那时我多大，是五岁，还是六岁？又或者更小一些。
记忆却没有模糊，这些事我仿佛刚刚经历过。

总之，由于种种原因，我开始觉得小龙虾和螃蟹不好吃。
可能是吃多了，也可能是那时的阴影。

也就是那时，我立志要吃遍全国，我要去长沙吃臭豆腐，去南京吃鸭血粉丝，去北京吃烤鸭，去内蒙古吃羊肉。
没想到这些愿望今年真的都实现了，吃完一圈，又莫名地很想念小时候吃的那种小龙虾。

我想，我会想念那些童年里的味道，是因为想念童年时的我自己。
我想，我会想念我奶奶做的那一桌子菜，一定是因为我想她了。

三

因为北京很少下雨，所以很少会用到伞。
我从小在水乡长大，夏天常常遇到雷雨天。
可能前一秒还是好天气，下一秒天就黑了，乌云盘旋在你的头顶。
或许是因为年轻，又或许是嫌麻烦，我总是不带伞。

那时候生物课在另外一幢楼上，我是课代表，下课得留一会儿帮老师整理仪器。

哪儿知道风云突变，收拾完抬头看窗外，有种已经到了夜晚的错觉。

大雨瞬间倾盆而下，我叹口气，心想没办法了，只能冒着大雨冲回教室了。

抱着必死的决心，我慢慢走下楼梯，深吸一口气，自我催眠：他说风雨中这点痛算什么！

可刚走两步，就被大雨撞了回来。

大雨倒也不是什么大问题，问题是我那时已经近视了，离开眼镜一米外人畜不分。

我的眼镜片上满是雨水，模糊一片，这么冲过去我必然会摔个狗吃屎。

我摸摸口袋，纸巾已经湿成一片，心灰意冷，突然一张纸巾递到身前。我看不清是谁，说句"谢谢"就接过了纸巾。

戴上眼镜的瞬间，我发现在我身边的是我当时很喜欢的一个姑娘。

她笑吟吟地看着我，眼睛弯成一道月牙，什么也没说，把手里的伞递给了我。

我却局促地不知道该说什么，连句谢谢都没说出口。

姑娘捅捅我的腰，说："愣什么呢，再不走就迟到了。"

我才回过神，接过伞，跟她一起走回教学楼。

其实她跟我不是一个教室，其实她那个时候不会出现在实验楼。
可我在当时什么都没反应过来。

我们走到教学楼屋檐下，姑娘收起伞，看了看表说："我得赶紧回
去上课了。"
我就站在原地，跟她挥了挥手，看着她的背影，一直到她走进教室。
我至今还记得她穿的衣服的颜色，是一件粉红色的大衣。

那天我第一次觉得雨后的泥土味道是那么好闻。

四

我有次跟朋友提起这个理论：当你想念一个人，一个场景，一段时
光的时候，你首先想起来的是那熟悉的味道。
有一年夏天，喜欢的人给了你一瓶可乐，于是你的夏天就是可乐味
的；有次等待，你在街边点了一杯奶茶，于是你到现在还觉得等待
就是奶茶味的。记忆会模糊，熟悉的气味却不会。就像以前的夏日
雨后，你总能闻到空气中的泥土味道。

朋友听了若有所思，拿出手机飞速地刷了起来。
不一会儿他抬起头，跟我说："我刚才订好周末去昆明的票了！你

要一起去吗？"

我说："最近没时间，你去昆明干吗？"

他嘿嘿地笑："去吃过——桥——米——线！"

我说："……好的，注意安全。"

几天后他回来了，说要找我喝酒。

喝了一杯又一杯，我突然想唱歌，刚开口一句"你是我的小呀小苹果"，他就打断了我。

我说："你打断我干吗？"

他说："你不想知道云南的过桥米线正不正宗吗？"

我可能是喝多了，突然对过桥米线正不正宗很感兴趣，直起身子，一本正经，眼睛里闪烁着求知的光芒。

他说："五年前我跟前女友在昆明待过，那时候天天在楼下吃过桥米线，每天吃得有滋有味也挺开心。后来我们一起来了北京，就再也没吃过了。我这次去昆明，也没怎么费功夫就找到了那家过桥米线，你猜怎么着？我居然吃不下去这过桥米线了。所以我也不是多爱吃过桥米线、多爱吃红烧牛肉面，只是那一年就只吃这些，而且是和她一起。"

听他说完，我说："那昆明的过桥米线正宗吗？"

他沉默，转身走了。

我连忙把他拽回来，认真地说："我们寻找过去的味道、气味，我们再走过那些街道、风景，只不过为了心里的执念。"

执念的事做完了，想不通的也就过去了。

五

后来的回忆里，明明只是云淡风轻地喝了几杯，在当时却是轰轰烈烈的宿醉。明明只是连绵几天的大雨，却像世界即将末日。有时我甚至怀疑，当初的情感是不是真的存在过，又或者当年的那些事情我们到底是不是真的做过。

才明白记忆必须要依附在某些东西上才能真实。
可能是一首歌让你想起谁，可能是一条街道让你想起她，可能是那些味道让你想起曾经的朋友，又或者是那么一种食材让你回到童年。

有一年，我频繁熬夜，三天两头吃泡面。
那年我和我的室友都二十出头，学电影里的画面喝最便宜的啤酒，脑袋里装着全世界，聊的都是未来和那最不着边际的梦想。我说将来要写几本书，老王说将来要开演唱会，这时不知道是谁说了一句："我们去看日出吧。"于是我们就一起去山顶，边唱着《红日》边等太阳升起。

看完日出我们都饿了，回家一人拿起一盒泡面就开始吃。

我们吃起泡面来呲溜呲溜响，完了再把汤喝得一干二净，摸摸自己的肚子再瘫在凳子上，仿佛吃了世上最美味的食物一样满足。

现在我偶尔还吃泡面，可总觉得没那么好吃呢。

就像那时候我多爱一个姑娘呀，去找她的路上天气总是刚刚好，吹来的风从来就不冷。而我走起路都带着风，背后是情歌的旋律，心里扑通扑通盘算着一会儿要说的话，就怕自己发挥不好。就连街边的树都好像比平时可爱了，闭上眼我好像能闻到春天的味道。

后来我一个人又走了那条路，再也闻不到春天的味道了。

我想，那春天的味道，就是你吧。

🚀 看日出就会想起一个人，扫码回复"日出"，
给同样喜欢看日出的你一篇攻略。

不要改变你的热血，你的真诚，你的努力。

亲爱的，成长不是变得面目全非，而是保留住重要的东西奋力前行。

在某个年纪之前，你可以靠透支身体、

小聪明和老天给你的运气一直取巧地活着。然而到了某个年纪之后，

真正能让你走远的，都是自律、积极和勤奋。

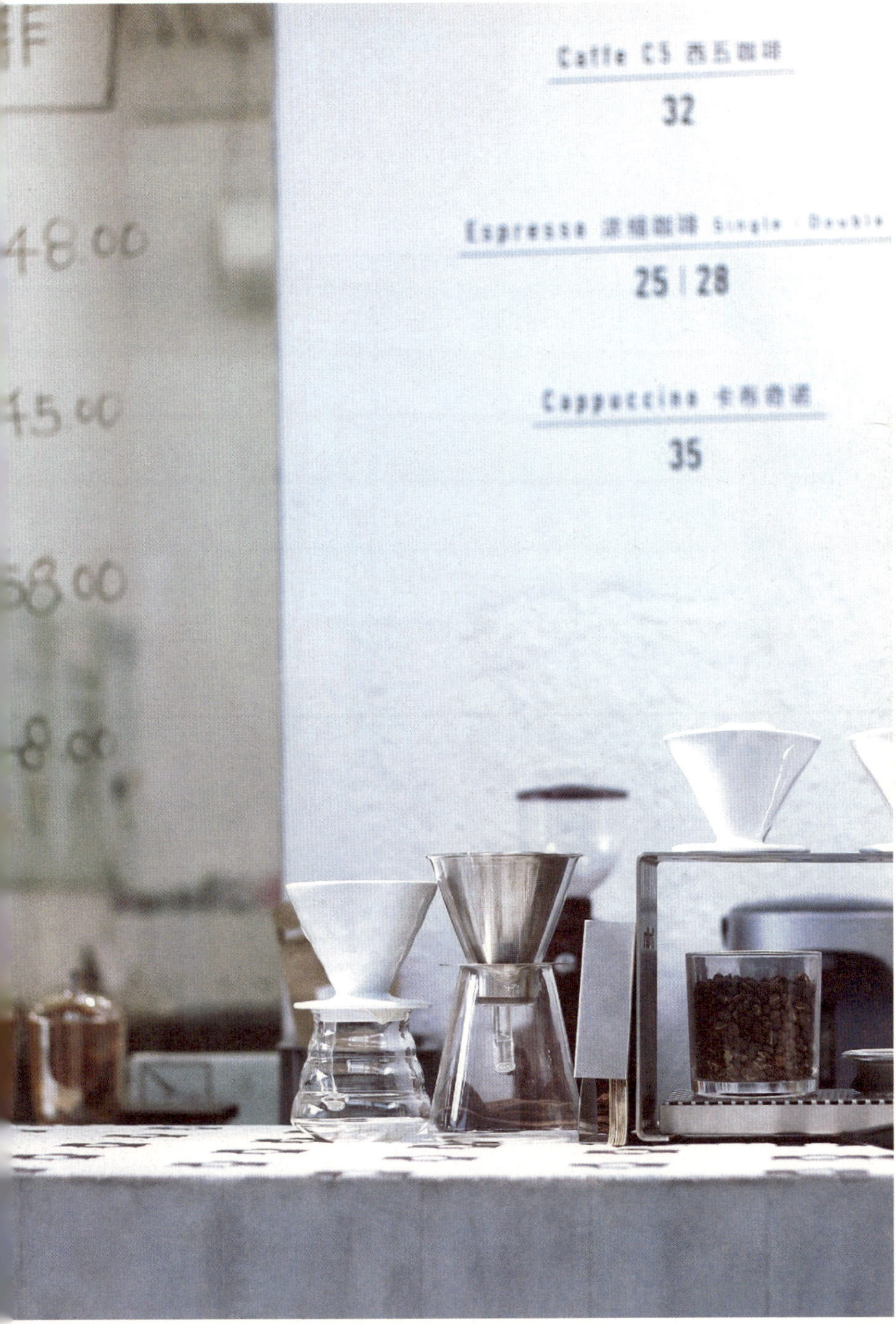
Caffe C5
32
25 | 28
Cappuccino
35

如果自由的代价是孤独，那便接受它。

因为你还有两件事可以做：变优秀，和等那个人出现。

如果没有时差就好了，

我喜欢你的时候，你也恰好喜欢我。

Part 3

喜欢你要怎么说出口

我们的心事都像一封永远不会寄出去的信，写的是寻人启事，却没有收件人。

♪ BGM:《不说》李荣浩

一

北京这两天天亮得逐渐早了起来，我又天亮还没睡。

可能对日出的执念一直困扰着我，我总爱这个时候躺在地毯上，看着城市渐渐苏醒。

突然，手机响了起来，睡在我旁边的二筒吓得从沙发上跳起来。

我心想，谁这么厉害居然可以跟我一样到这个点还不睡觉。

一看来电显示，刘校文。

他就这么出现在我家门口，戴着耳机，带着猫粮。

北京的风呼啦呼啦吹，他的发型也呼啦呼啦乱成一团。

老刘跟我打完招呼，径直走向二筒，开始对它说话。我当然知道老刘不是真的在跟二筒说话，他是在对自己说。

二筒是我养的一只猫，来我家之前它短暂地有过一个主人。主人去了广东，不知道什么时候能回来。于是二筒就被放在我家，有了我这个新主人。

二筒本来不叫二筒，因为某些原因我给它换成了现在的名字。

是的，老刘喜欢二筒之前的主人，七喜。

二

2014年，老刘跟七喜认识。

他们原本是一个微信群里的小伙伴，有一个共同的朋友把他们拉到一起。那些年流行一种残忍又刺激的游戏，就是红包接龙。

群里的几个人都热爱这样的游戏，没完没了地红包接龙，一直到半夜也不消停。

就这样，素未谋面的老刘和七喜渐渐发展起了革命友谊。

因为他们总是轮流输。

夏天，七喜拿着两套衣服，连箱子都没带就杀来了北京，风风火火。

她找了一份工作，在大悦城附近住下，正好跟老刘住得很近。

于是线上的友谊发展到线下，两个人时常聚会。

只是他们两个人的性格完全不同。

如果说有人静静的，像春天吹过脸庞的风，那七喜就是十二级台风，来势凶猛却又转瞬即逝。

老刘是个安静的人，聚会时也不讲什么话，轮到他喝酒了也不含糊，拿起酒杯就喝。

有一天他们聚会，一群人七嘴八舌说要玩游戏。

老刘是天生的倒霉属性，也不争辩，也不耍赖，就这么喝倒了。

是七喜把老刘扛回家的，第二天老刘醒过来，冰箱里多了很多甜点和牛奶。

冰箱上贴着一张小字条：牛奶给你醒酒，甜点都留着，是我的。

三

2015年2月，七喜生日。

老刘想了很久要给七喜送什么礼物，最后拼了一个乐高送给七喜。

聚会上七喜一个个拆礼物，老刘看到别人送的要不很名贵，要不就是很用心，手心全是汗，总觉得自己太寒酸。

他不是怕七喜嫌弃他，而是怕七喜拆开礼物的时候，会在朋友面前丢脸。

七喜拆开礼物，是一辆乐高汽车模型。

老刘不好意思看七喜的眼神，低着头支支吾吾地说："上一次我们逛街的时候，你说……你说这个模型挺好看的。"

七喜哈哈大笑，说："就是那次我陪你去乐高的时候吗？这么一句话你都记得啊？"

老刘涨红了脸，七喜不再开他玩笑，给了老刘一个拥抱，说："谢谢你，我很喜欢。"

一切都消失了，全世界只剩下七喜的那个拥抱和他的心跳声。

他一直没有缓过神来。

直到聚会结束，七喜已经喝得走不稳路，老刘揽着她，说："我送你回家吧。"

七喜说："好啊，先陪我去便利店买冰激凌吧。"

结完账走在寒风中，老刘哆嗦着问："为什么大冬天的你也要吃冰激凌？"

七喜坐在台阶上，说："我分手之后爱上了吃冰激凌，如果心不能甜一点，就让胃甜一点吧。"

老刘站在一旁，想要说什么，却始终没有说出口。

四

我和老唐都知道老刘喜欢七喜，因为在没有七喜的场合，老刘也时常提起她。

2015年冬天，老刘来找我。

他问我："老卢，你知道暖气坏了应该怎么办吗？"

我疑惑地说："我也刚来北京，不太清楚，要不找找物业，你家暖气坏了吗?"

他摇摇头,说:"不是我,是七喜家暖气坏了。"

我说:"那你让她找物业啊。"

他说:"七喜最近不在家。"

我八卦起来,说:"那你怎么知道她家暖气坏了?"

他摸摸鼻子说:"上次我去她家找她的时候发现的。"

我脸上浮起阴险的笑,说:"哦哟,可以呀,孤男寡女共处一室。"

他赶紧摆手,说:"你想什么呢,我们好几个人一起去她家轰趴(家庭派对),那时候天还不太冷。"

说到这里他面露愁容,说:"那时候天还不冷,现在这么冷,她回家了哪儿受得了?"

我还没来得及说话,他又自顾自地刷起淘宝,问我:"你觉得哪个电暖气比较好用?"

我问:"你这么喜欢她,为什么不表白?"

他说:"我们的生活方式完全不一样,她热烈,我沉默。她喜欢翻山越岭去追逐北极星,我想我更适合舒服地躺在草坪上看星星。最后都是分道扬镳,走不成殊途同归。"

他接着说:"这段时间我们几乎每天在一起,她喜欢一个人时的眼神我一眼就能看出来。

"我从来没有在那个眼神里住过。"

其实还有一个原因。

我们也都知道。

七喜一直没能忘了自己的前男友。

有一天我们一起去看话剧，看到一半七喜就哭了。

因为七喜的前男友是个话剧演员，跟他谈恋爱时，他总会跟七喜一起在家先对一遍台词，把剧情先练习一遍。

我想，她一定是想到他了吧。

不知怎的我突然看向老刘，他正在手忙脚乱地找纸巾。

他动了动嘴可还是什么都没说，只是把纸巾递了过去。

千万句想说的话，变成无声的默剧。

十二级台风，怎么跟小桥流水在一起呢？

于是明明很喜欢，却假装不在意。

五

都说两个人相处，只有两种可能性，要么成为朋友，要么成为恋人。
眼瞅着他们向着朋友的可能性飞奔而去，我们心想一定要撮合他俩。
如果全世界只有一个人可以给七喜幸福，除了老刘，不作他想。

有一天我们去唱歌，怂恿老刘去表白。
老刘说："我不要。"
我说："表白了不成功能怎么样呢？"
他说："我可能会死。"

老唐说："人生自古谁无死，早死晚死都是死。"
我赶紧打断老唐，说："死什么死，万一成功了呢？就算只有万一
的可能性，跟那幸福比起来，你不觉得可以试一试吗？"
老刘还是一个劲地摇头。

我跟老唐对看一眼，心生一计，一起给老刘灌酒。
酒过三巡，我们微醺，整个世界都突然美好了起来，我站起来，
说："老刘，如果你真的不知道该怎么表白，就唱歌给她听啊！你
不敢太直白，把所有情绪都藏在歌里面总好了吧！"
他终于拨通电话，却开始支支吾吾，说："七喜，你……你有空

不？我……我给你唱首歌吧。"

然后他小声开始唱，一开始唱得不成调，后来进入状态，最后几乎
是哽咽着唱完这首歌。
挂电话时他哭了，我问："怎么样，成功了吗？"

他说："电话刚打过去她有事就先挂了，我对着空气唱完了这首歌。"

我心一沉。
我们的心事都像一封永远不会寄出去的信，写的是寻人启事，却没
有收件人。

老唐不死心，发微信给七喜，好说歹说把她叫来KTV。老刘看到七
喜的一瞬间，眼神明亮起来，嘴角开始上扬，本就是微醺状态，现
在变成心神荡漾。
那一瞬间我想，喜欢一个人真是好啊，整个人都能明亮起来。

两个人坐在一起，七喜抱歉地说："不好意思啊，我刚才实在是有
事，你想唱什么歌？"
我赶紧帮忙，跑到点歌台前面点了一首《我爱的人》。

老刘下定决心似的，深吸一口气拿起麦克风。七喜却一把抢过麦克风，说："我会，我来唱我来唱。"老刘顿时泄了气，整个人眼神都黯淡了下去。

以我对他的了解，他那好不容易鼓起的勇气，已经消失得无影无踪。

唱歌散场，七喜搂过老刘说："你们不是总让我走出来吗？我最近喜欢上一个人啦。"

老唐赶紧接过话茬儿，说："那个人是不是就在这里呢？"

七喜笑着说："你可别自恋了，他不在这儿。"

她说这句话的时候，我就在旁边，看着老刘尴尬得连笑都笑不出来。

或许有时我们应该庆幸，有些歌没有唱出口，就永远没有曲终人散。

可我还是觉得奇怪，心想七喜不该没有发现老刘喜欢她啊，就拉着老刘问："上次你到底有没有送她回家？"

老刘说："有啊。"

我说："送她到家门口了吗？"

老刘说："没有，我打车顺路，就把她放到小区门口了。"

我哭笑不得，不死心地又问："那电暖气呢，你送了吗？"

他说："送了啊。"

我心急地问："她啥反应？？"

他摸摸头，说："我收件地址直接写的她家，她应该不知道是我送的吧。"

我恨铁不成钢，焦急地说："你喜欢别人怎么就不表现出来呢？"

他说："我想跟她多待一分钟，想送她到她家门口。可我不敢跟她多待一会儿，我怕我忍不住告诉她我喜欢她，我甚至不敢多看她的眼睛。"

我问："为什么呢？"

他说："我怕她知道了，我们的距离会变得越来越远。"

我举手投降，对他无计可施。

又突然想起塞林格的一句话："有些人觉得爱就是性，是婚姻，是清晨六点的吻和一堆孩子，或许爱就是这样，莱斯特小姐，但你知道我怎么想吗？我觉得爱是想要触碰却又收回手。"

那么这世上就是有这么一种人吧，想触碰却又收回手。

六

老刘知道七喜过去的故事，当他知道七喜喜欢上别人时，他大概是真的发自内心地开心。

可糟糕的是你永远不知道自己多喜欢一个人，直到看到她爱上别人。没办法逆转。

原来他这么喜欢。

他不止一次地梦到他们在一起，他想对七喜说"我喜欢你"，可每到这时候，他总是惊醒。

他开始正儿八经地帮七喜追那个男生。

七喜大概也没发现，那阵子是他仅有的几次可以直视她的眼睛。

七喜问："我这条微信应该这么回吗？"

他说："你就这么回，如果我是这个男生，我肯定会开心的。"

七喜问："我应该经常把他约出来吗？他好像还挺难约的。"

他说："喜欢一个人当然应该把他约出来啦，多见一次面就多一次机会。"

七喜终于鼓起勇气表白，却和老刘同病相怜。

那天晚上他送她回家，他知道七喜心情不好，就陪她一起吹风，一直陪到早上七点。

两个人一起轧马路，从慈云寺桥一路走到朝阳大悦城，每走过一个便利店，都买一个冰激凌。其实老刘胃不好，可还是这么陪着她，就这么慢慢走了一晚上，一直走到太阳升起。

他用尽全部力气安慰她，却没有办法说那句，我喜欢你。

喜欢是一种多么贵重的东西，贵重到所有人面对自己喜欢的人，都说不出口。

他想，就这么样吧。

他想，如果她可以开心，那他就做她身边的萤火虫。

两天后他们聚会，七喜突然说自己要去佛山。

老刘什么都没说，跑到阳台自己抽了根烟。

他觉得自己正在沉入深深的海底，呼救声也是沉默的。

七

故事的然后呢？

故事的然后是他终于表白了。

那天是七喜要离开的前一天，老刘帮她收拾。

那是他第一次看到二筒。

"加菲真可爱啊。"老刘说。

"我把它交给卢思浩了，他一直想养只加菲，你可以去他家看它。"七喜说。

老刘帮七喜收拾打包好所有行李，七喜说："当年我来这里是为了忘记一个人。"

老刘问："然后呢？"

七喜拍拍老刘的肩膀说："然后我就遇到你们了呀，来北京真的太值了。"

老刘看着七喜的笑容，终于忍不住说："你要走了，我会想你的。"

七喜说："我也会想你的。"

老刘用把心都掏出来的力气说："我的意思是我会很想你很想你。"

七喜愣在原地，问："怎么了……"

老刘终于还是说出那句话："我的意思是，我喜欢你。"

我以前听别人说，这世上有两件事情是藏不住的，一个是咳嗽，一个是喜欢。

藏不住的，喜欢会从你的眼神里溢出来，喜欢会从你的举动里表现出来。

最后鬼使神差，你还是会跟她说那句，我喜欢你。

七喜当时是蒙的，她始终不愿意相信老刘喜欢她。

喜欢她为什么不表现出来？

喜欢她为什么总是不送她回家？

喜欢她为什么要在她喜欢别人的时候毫无保留地帮她追另一个人？

我无法回答，她也无从知道答案。

或许老刘自己也无法回答。

只是他告诉我他很喜欢我写的一句话：

"我是一个对你百般挑剔未必说，对你有好感临死未必讲的人。宁可你消失的时候急得满世界找你，去任何你可能出现的地点，也会在街角看到你身影的时候假装不经意路过。宁可让你觉得我不在意你，也要死要面子活受罪怕自己过于爱你。所以未来的日子里我意识到，这可笑的自我保护意识和自尊心会与我如影随形。"

除非喜欢到想要跟她一辈子在一起。

他什么都不会说。

但他最后还是表白了。

我想，就是这么一回事了吧。

直到七喜要走，他才终于明白自己有多喜欢。

不是那种在街上看到好看的姑娘惊鸿一瞥的喜欢，不是那种有时睡前收到她的信息会突然心动的喜欢，是那种想要跟她在一起一辈子的喜欢。

八

可七喜还是去了佛山。

临走前她说："如果你早点说，或许我不会做这样的决定。"

老刘说："如果我早点说，或许你也不会考虑我。"

七喜没有回复他。

如果没有时差就好了，我喜欢你的时候你恰好喜欢我。

有时就算你沿着你喜欢的人走过的路再走一遍，她也不会回头看你一眼。因为你喜欢的是曾经的她，她喜欢的是曾经的另一个人，所以你们之间永远有时差。

原谅我无法续写这个故事。

因为故事的结局就是这样。

我听着他对着我家的猫说完了所有的故事。

他想，只要她能开心，他愿意用尽自己的力气去做到最好。

我突然想起有一次，我去他家玩。

我打开冰箱，原本是想找几瓶啤酒，冰箱里却放满了甜品。

我问："你一个大男人，冰箱里为什么放满了甜品和冰激凌？"

他说："万一有一天她来我家玩呢？"

可是他错过了时机，喜欢的人已经离开了这座城市。

他不知道应该怎么办，只能在我家对着猫说话。

一只装满秘密的猫，
扫码回复"二筒"，瞅瞅长啥样儿。

相聚那么短，别离那么长

留在这个城市有多不容易，我想你比我还明白。

BGM:《可惜没如果》林俊杰

一

先从一部电影说起。

电影的名字叫《忠犬八公的故事》，主角是一只叫八公的狗。没有人知道它是从哪里来的，幸好它遇到了一个好主人。八公每天都会送教授上班，五点准时在车站等着教授下班，然后摇摇尾巴扑向教授。

八公有一个特点，就是不爱跟主人玩球。

有一天教授上班前，它一反常态地叼起球，哄教授开心。可也就是那天，教授在上课时突然倒下，因心肌梗死突发而死亡，再也没有回到那个车站。之后每天傍晚五点，八公都来到火车站前等候、凝视，等待它的主人回来。第二天，第三天，从夏季到秋季，十年时间里，八公风雨无改，直到它最后死去。

恰好我看这部电影的时候朋友来我家，她看到一半就开始抽泣，电影还没有放完她就已经号啕大哭。

我递过去一沓纸巾，她边哭边讲她跟一条狗的故事。

二

姑娘是在五年前的一天夜里遇到点点的。

点点是只流浪狗，每天夜里没地方可去，就窝在她家小区门口的一排自行车中。有天姑娘下夜班回家，从超市买了些吃的准备往家走，突然听到身旁一声狗叫。

她吓了一大跳，转头看见一条脏兮兮的流浪狗瞪着眼睛看着她。她本来想转身就走，却发现它后腿正流着血。

她不想管它，心想一只流浪狗有什么好管的。
可与它四目相对的时候，姑娘还是心软了。

她在原地愣了一会儿，心想附近就有宠物医院，可她一个人实在抱不动它，就打电话给当时的男友。男友皱着眉头赶了过来，看都没看狗一眼，拉起她就走。
她说："等等，它在流血……"
男友说："关你什么事，这世上流浪狗这么多，你还要一个个救？你闻不到它一身的臭味吗？"

姑娘犹豫了会儿，想了想，从袋子里拿出一根香肠，小心翼翼地丢了过去。

心一狠，还是回了家。

回到家姑娘心里越想越不是滋味，第二天起了个大早，想去看看那只狗怎么样了，却发现那只狗已经不在了。她暗自祈祷着是一个好心人把它送去了医院。

一星期后，姑娘又忙到深夜。

到了小区门口发现那只狗蹲在一旁，扑哧扑哧地喘着气。

姑娘喜出望外，转身想去超市给狗买一点香肠，心想这也是缘分。

狗却突然大叫起来，一副要咬人的样子。

姑娘吓得后退三步，心想亏我还买东西给你吃，她示意狗安静下来，没想到它越叫越大声。

听到叫声的社区保安大哥从值班亭走出来，作势要赶狗，说："去去去，吵死了，叫什么叫……"

话还没说完，突然向着姑娘身后的方向跑去。

姑娘压根儿不知道发生了什么，顺着保安大哥的方向往后看，才突然发现自己的包被划开了一个口子。

十几分钟后，保安大哥拿着一个钱包回来了，说："这钱包是你的吧，下次要小心啊，临近年关到处是小偷，你看看还有没有丢什么？"

姑娘惊魂未定，赶紧翻翻包，说："还好还好，没丢什么。"

然后她蹲下来摸摸狗的头，说："你刚才叫是想告诉我这个吧，谢谢你。"

说来也怪，狗像听得懂人话一样，顺从地蹭了蹭姑娘。

她问："这只狗有名字吗？"

保安大哥说："一只流浪狗哪儿来的名字？"

姑娘看狗一直点着头，想了想，说："那你就叫点点吧，我叫青青。"

点点听懂了自己的名字似的，把头往青青手上靠。

玩着玩着手机响了起来，男友催她回家。

接完电话青青起身往前走，没想到点点居然跟着她走了起来。

可点点走不快，因为腿上有伤，只能一瘸一拐地跟着。

青青看着心疼，停下来对保安大哥说："大哥，你能不能先帮我照顾它？"

保安大哥一口回绝，说："别别别，我可照顾不来，我看它这么喜欢你，你还是抱走它吧。"

青青想了想，蹲下来对点点说："点点，是你帮我找回了钱包，来，跟我回家。"

回家路上青青一直盘算着怎么跟男友说点点的事，打开门才发现他妈妈也在。

青青礼貌地打招呼，男友妈妈却没理会，捂着鼻子说："哎哎哎，你抱的是什么玩意儿，这么臭带回家干吗？"

她赶紧解释："阿姨你不知道，我的包差点丢了，是它帮了我……"

话还没说完，她男友不知从哪里冲了过来，一把夺过点点就往门外丢。

青青来不及喊点点的名字，男友就一把关上了门。

他责备道："青青，你能不能懂点事，我妈在这里你还抱这么臭的一条狗回来？"

青青说："它今天帮了我！我想养它！"

男友嗤之以鼻："不就是想卖个乖，让你这种心软的人把它抱回来吗？"

青青还想争辩，阿姨打断了她："青青，阿姨看你们同居这么久了，你也老大不小了，总是这么占着我家儿子便宜不太好。我看我儿子挺喜欢你的，你俩尽快结婚吧。"

青青说："阿姨，我没占你儿子便宜，房租我也付一半的。"

他妈妈说："你为了我儿子来北京，想要什么我能不知道？我不跟你争这个，我是来通知你的，下个月你们就结婚。"

青青内心一股怒火，可还是忍了下来，拉着男友的手说："你跟阿姨说说，我好不容易找到喜欢的工作，等我工作再稳定点就结婚。"
男友却说："我妈说得……也有道理，咱俩恋爱这么多年了，不能再这么耗下去了。"

他妈妈嘟嘟嚷嚷："这姑娘怎么这么不懂事？对了，那条流浪狗是怎么回事？存心的吗？"
男友说："妈，那就是小区里的一只流浪狗，我不会让它进家门的。"

我不懂事？我不懂事还自己拼命找工作？我不懂事还坚持要付房租？青青觉得委屈，放开了男友的手，说不出话来。

男友送他妈回家，青青在沙发上默默掉了会儿眼泪，突然想起点点。不知道它现在怎么样。
她想到这里，立马穿上衣服出了门，刚下电梯就看到了不远处的点点。

她蹲下来摸摸点点的头："点点，对不起，姐姐暂时不能带你回家了。留在这个城市有多不容易，我想你比我还明白。"

她说："点点，姐姐还有很多烦心事，可惜你听不懂。"
点点抬起头看着她，眼珠子骨碌碌地转，像两颗黑珍珠。

她接着说："姐姐跟你说啊，姐姐有个在一起四年的男朋友……"

说着说着，她眼泪就忍不住往下掉："姐姐是个特别要强的人，从来没主动问他要过一分钱，从来没有。可为什么他妈妈说我占他便宜呢？他也不帮我，还说我耗着他。"

点点的眼珠子不转了，用前爪拍了拍她的手。
青青惊喜地认为点点听懂了她的难过和歉意，蹲下身抱着点点哭了出来。

三

青青放不下四年的感情，放不下他，选择了妥协。

她也放不下点点，只能把点点安顿在地下车库的一个角落里，为它简单布置了一个家。
那几天，她还会陪点点玩会儿，可后来时间越来越少，她也为了争一口气，拼命加班，只好每天早上出门前去看看点点，然后给了保安大哥一点钱，拜托他时不时地买点狗粮。
有一天早晨她不小心睡过了，穿上衣服就狂奔到公司，忘了去看点点。
回家时已经凌晨，整个人晕晕乎乎，世界一片寂静，没有一丝色彩，直到她在小区门口意外地看到点点。

点点老远就看到青青了，可它瘸了一条腿走不快，只能慢慢地向青青靠近。

青青跑到点点身边，点点摇着尾巴，在原地围着青青转圈圈。

故事说到这里，她眼圈又红了，说："所以我特别懂教授看到小八在等他的心情。"

我以前一直在想，为什么狗能知道主人什么时候回家。

看了《忠犬八公的故事》后才突然明白，大概是有一天小八听到了火车汽笛声，然后听到了人群嘈杂的声音，有那么几个人会跟它打招呼，接着它的主人就会出现。它试验了几次十几次几百次，终于确信了这就是真理。

只要太阳开始落山，接着响起火车汽笛声，主人就会出现啦。

小八一定是这么想的。这是它总结出来的规律，这是它推断出来的能等到主人的方法。

直到有一天教授再也没能回来，它还是满心期望着，只要按照这个方法等，一定能等到的。

于是一等就是九年，对小八来说，一等就是一生。

青青继续把故事讲了下去。

后面的故事，我大概也知道一些。

婚后半年她就离婚了，因为两个人意见不合，实在不合适。

结婚前她以为只要拼命，就能改变他家人的看法。结婚后才发现不合适就是不合适，就算她努力工作努力赚钱，还是受欺负。

恋爱是两个人的事，婚姻却是两个家庭的对接。

婆婆说话越来越刻薄，甚至看不起她的父母。她以为老公会多少向着她一些，却发现老公越来越沉默，越来越不理会她。

她忍耐得够久，跟她妈妈打电话时大哭一场。

终于下定决心。

这时她说起，在她结婚前的一个周末，难得休息，她买好了狗粮去车库找点点。

点点却不见了。

她喊着点点的名字找遍地下车库，找遍整个小区，终于在小区门口看到几个少年围着点点，用石头块轮流扔它。

瘸了一条腿的它根本跑不掉，只能呜呜呜地叫，叫得青青整颗心碎成几片。

她疯了一样地冲了过去，声嘶力竭："快停下！"

带头的一个少年说："大姐，一只流浪狗而已，至于吗？"

青青用尽全身的力气推开他们，说："这是我的狗！我的！"

点点已经被砸得满头是血睁不开眼睛，可它知道是青青来了，居然挣扎着站了起来。

青青已经眼泪两行，不顾一切地挡在点点身前，少年们只得摊摊手，哄笑着走了。

青青抱着点点，眼泪一滴滴掉下来，说："对不起对不起……是我懦弱是我不好是我没照顾好你……都是我的错……"

点点拼命地爬了起来，爬到青青的怀里，嘴里"呜呜呜"地叫。可它已经叫不出声来了，每声"呜呜呜"都变成了沙哑又轻声的"嗷嗷嗷"。

青青抱着点点泣不成声。

从宠物医院回来，青青不顾男友的脸色，自顾自地把点点抱在怀里带进了家。

她一边抱着点点一边说："你看，这是姐姐的房间，这是姐姐最爱看的书。"

点点耷拉着脑袋，认认真真的样子，似乎想记住点什么。

青青说："这里就是你的家了，姐姐不会让任何人欺负你的。"

男友当然不同意点点住进家里，青青扭头跟他大吵一架，在门口拉住男友跟他理论。

男友最终妥协，可以在储藏间给点点一个位置，条件是点点必须待在那儿不能出来。

青青欣喜地跑到客厅找点点。

点点却不见了，她才发现刚才一直忘了关门。

这一次，再也没有找回来。

它能去哪里呢？

一身伤的点点能去哪里呢？

她一夜没睡，找了整整一个晚上。

第二天，保安大哥找到她，说："狗死了，就在早上，死在垃圾堆里，被当成垃圾拖走了。"

保安大哥说得风轻云淡，转身走了。

整个世界都不在乎这条流浪狗，直到它遇到她。

整个世界都不在乎青青的感受，直到她遇到它。

后来呢？

抱歉，没有后来了。

四

花了很久，青青才说完这个故事。

她眼泪一直止不住地往下掉。

她一字一句地说："第一次遇到点点的时候，我甚至有点嫌弃它。最开始的时候，我不过给了它一根香肠而已，它就把我当成了这世上最好的人。我真的没有那么好，我听人说，狗狗在即将死去的日子里，为了不让主人伤心，会把自己藏起来，安静又孤单地死去。我那天什么都没有看出来，我以为它像上次一样，慢慢地伤就好了。"

她接着说："我再也没办法养狗了，因为狗太好了。好到你怀疑自己，到底自己有什么样的魔力。我太自私了，我欠它的太多，这个重量可能让我再也没有办法去面对另外一只狗了。"

我看了看身边的二筒，养宠物的人或许早晚都有一天要面临离别。我不知道我到时候是一个什么样的心情，也不知道该怎么安慰她。

她看懂了我的眼神，说："没关系的，我会变成一个更好的人，变成点点爱的那个样子。"

然后她问我："老卢，你家里有能打印照片的打印机吗？"
我一愣，说："有啊，书房里就有。"
她说："你想不想看看点点长什么样子？"

照片是一张模糊的合照，是在黑夜拍的，勉强可以看出来一人一狗。
我问："怎么拍得这么模糊？"
她说："这是有天晚上我出门去便利店的时候，让门口保安拍的。
我有个小毛病，视力一直不太好，加上长久以来的挑食，导致轻微
型夜盲。点点在和我相处的日子里可能发现了这个问题，因为我在
它面前摔过一次。后来只要我半夜出门买东西，它就走在我前面，
当我的眼睛。"

我把照片递了过去，过了会儿，我听到她喃喃自语。

简简单单四个字："我很想你。"

 你养过狗吗？
扫码回复"点点"，获取这张照片。

回不去的地方叫家乡

思念是想要穿越时间，去看看过去的你。
可我们谁都没有时光机，只能在深夜对自己说话。

🎵 BGM：《牡丹江》南拳妈妈

一

我有两个奶奶。

从我记事起，我妈妈的妈妈我叫奶奶，我爸爸的妈妈也叫奶奶。
所以我天生就没有外婆的概念。
后来我才知道，因为我跟我妈妈姓，所以双方我都要叫奶奶。

也因为这样，我小时候的大部分时间都跟我妈妈这边一起住，很少
去我爸爸的老家。

我的童年是属于乡下的。
小时候家门口是条泥路，再远点是座小山。这儿有菜园，有田地，
有麦浪，有漫山遍野的蒲公英；这儿有沙地，有弹珠，有水浒卡
片，树藤依附着万家灯火。
街边卖糖葫芦，卖棉花糖，人来人往，街边每个阿姨大婶都会跟我
打招呼，天气一热我就拿着西瓜一路小跑，给她们送切好的西瓜。
她们都会摸摸我的头，夸我乖。

可一个小镇只有这么大，没有什么新鲜的东西。
我撒腿跑，跑疯了一个小时就能跑完，待得久了，我就想去我爸老

家看看。

因为我爸的老家在一个小岛上，我可以去看长江，跟长辈们去捕鱼，再趁他们不注意在泥里打滚。那时不比现在，不敢用力呼吸，怕吸进去一口雾霾。那时你站在江边，张开双臂，可以假装自己在飞，一眼看不到尽头。用力呼吸一大口，可以闻到类似雨后的泥土味道。

所以我喜欢这里。

我喜欢坐船慢慢悠悠，我喜欢掀开一块石头偶遇一只螃蟹，我喜欢看着岛边的芦苇荡，我喜欢我爸带着我一边看小岛的风景，一边说他跟我妈谈恋爱的故事。

他总爱说有一个码头，是这个小岛上第一个码头。以前去镇上，只能坐渔船，所以那时他俩谈恋爱，他得起一个大早，到镇上找到我妈妈，然后约会不了多久，就得赶紧坐船回来。

我妈这时总乐呵，说："你看，我就说是你爸追的我吧。"

我爸说："不是不是，这只能证明我们是自由恋爱，没有谁先喜欢谁。"

我妈倒也不争辩，对我说："你看我们洋气吧。"

这个码头的另外一边，住着我奶奶。

二

其实我对奶奶的回忆，并没有那么丰富。

即使是在我很小的时候，我奶奶也已经满头白发了。
我爸是他们家最小的孩子，我大伯比他大了将近二十岁。我奶奶四十三岁的时候，怀上了我爸。所以我很小的时候，我奶奶就已经老了。

那时我很少能去看她，又一到小岛就贪玩，总是没能跟奶奶说上几句话。
每次我都是兴冲冲地跟奶奶打招呼，说奶奶好。
然后就一溜烟儿跑得没影了。

奶奶那时身体就不太好了，不太能动。
她就拿着一张椅子，一坐一整天，看到我回来了老远就开始喊："浩浩回来啦，来我们吃饭，我们这儿的鱼都是刚捞起来的。"

吃过饭，一家子就开始嗑瓜子，聊那些我听不懂的事。
我总是觉得无聊，就拉着同辈一起去外头了。
等到我回来，家里热热闹闹，大伯、二伯和我爸还在喝酒，我就看到我奶奶在旁边一脸笑容。也不说什么话，也插不上什么话，偶尔有个关于她的话题，她就开心地接两句。

想继续说的时候，大家又换了个话题。

我不知道为什么看到这场景就觉得很难过，想跟奶奶聊天。

奶奶总是问我："今天的鱼好吃吗？"

我点点头。

奶奶又接着说："学习怎么样？"

我拍拍胸脯，说："特别好。"

她就摸摸我的头。

三

我又长大了点，告别了小镇，搬去了市里。

小镇都很少回去，小岛就更少去了。

我再也没有看到那漫山遍野的蒲公英，也再没能坐在院子里的台阶上看偶尔经过的蚂蚁。

偶尔回几次小镇的时候，发现小镇开始建设了。

泥泞路通通换成柏油路，远处的小山要被开发成一个旅游景点，院

里的树藤全砍啦，家家户户装起了空调和大彩电，近处盖起了新的
居民楼，田野被赶到了远方。

我再也没看到那萤火虫。

我有点不想回这个小镇了。

好在小岛还没怎么变。

也许是因为地理位置很难开发，这么些年小岛的变化，似乎仅仅局
限于更新换代的摆渡船。

再也不见那晃晃悠悠的小渔船，一艘大轮船取而代之。

好在芦苇荡还在那儿，风一吹就开始摇曳，我张开双手，还能呼吸
到雨后的泥土气味。

每当这时我就觉得开心，因为还能找到童年的味道。

奶奶也还是一样，在天气好的下午坐在门口晒一下午太阳。

等到天黑了我回去，她才自己把椅子慢慢挪回去。

有一次我回去晚了，奶奶还是坐在门口等我。

我说："奶奶，天黑了，快进去吧。"

奶奶却不搭茬，说："浩浩回来了，来我们去吃饭。"

吃完饭又一个人坐在椅子上，乐呵呵地听着我们说话。

她还是会问我："鱼好吃吗？"

我点点头。

她又接着问我一遍："鱼好吃吗？"

我说："奶奶你问过啦，好吃。"

那时我觉得奶奶老得更快了，说话开始不利索了。

有一天我爸告诉我，奶奶老了，开始痴呆了。

我问："什么是痴呆？"

我爸说："就是会变回小孩子的样子。"

我突然意识到，奶奶已经开始老了，那么这座小岛怎么可能没有改变呢？

以前吃完饭，大家还一起热热闹闹地聊天，喝多了再各自回家睡觉。就算奶奶插不上话，也总还能在旁边听着。现在我们吃完饭聊天要掐着点儿，聊不了几句就得走，怕赶不上回去的那艘船。

大家都搬出去住了。

大家都离开这个小岛了。

这里的年轻人越来越少，这里的孩子也越来越少。

明明以前这里还有所初中的，孩子们放学还会经过这儿，跟我奶奶打招呼。

可从什么时候起，这所初中也不见了？

四

连我自己都没有意识到，随着成长和那些繁重的学业，我没那么想奶奶了。

我想去看看世界有多大，我想去更远的地方看看，我开始习惯科技的便利，我也不想念那所谓的泥土味道了。你看，就算北京有大雾霾，不还是这么多人扎堆儿奔向北京？天黑了也不再看日落了，只想赶快回家。

我不再去捕鱼了，我不再去江边吹风了。

我不再撒着娇让我爸带我回去了。

没有电脑，手机信号又很差，电视机总没有几个台，成了那时我对小岛的唯一印象。

待不了多久，我就想要回市区。

太无聊了。那时的我想。

再后来，我只有年中和年后回去一次了。

这成了我仅有的能见到奶奶的日子。

过年是小岛唯一热闹的日子，可奶奶还是一个人晒着太阳，大伯、二伯有时会跟奶奶聊聊天。那时的奶奶已经听不清了，我们说话总要重复好多遍。

可只有我，只有我喊奶奶的时候，她可以立马听到，然后回我："浩浩，你回来啦。"

我点点头，说："我回来啦，奶奶。"

电视台在放着春晚，我们一边吃瓜子，一边聊得热火朝天。

奶奶啊，一个人坐在外头，谁叫她进来她也不肯。

跟以前不一样的是，她已经没法跟我们一起吃饭了，她坐不了吃饭的椅子。

我们就轮流端着菜给奶奶挑一些过去。

吃完饭大家照例又热火朝天地聊一会儿，有好几次我看到奶奶一个人站起来，对我们说："我先上去睡觉了。"一个人默默地离开我们，上楼睡觉。

我奶奶其实很高，一米八的身高，可那时我看她的背影，总觉得奶奶变小了。

奶奶变小了，像个孩子一样，脸上挂着谁也不懂的笑容，走路像刚学会一样，小心翼翼。

她再也没有问过我：浩浩，鱼好吃吗?

浩浩，学习怎么样?

再也没有过。

五

2014年元旦，我回去过年。

她再也没办法在院子里晒太阳，因为她受不了这该死的冬天。

她开始完完全全一个人生活，像是例行公事一样吃饭，睡觉。

只是她还是能听到我的声音。

我说："奶奶好。"

她说："浩浩回来啦。"

我忍着眼泪，说："嗯。"

我爸说："你多跟奶奶说说话。"

我说："奶奶，您孙子现在可出息啦，在写新书呢，有机会带给你看。"

奶奶一脸笑容地看着我，我想她大概已经听不清我说什么了，可隐约觉得她孙子在跟她说好消息。

我突然想起我小时候，也是这么跟奶奶说话，然后变出一张奖状。

这些年，我已经和奶奶生疏了。

因为许久没法见面，也因为没有从小在一起。

可每年过年还能看到奶奶，就觉得一切都好。

我希望不管是好的坏的，都能留在生命里，一个都不要走，一个都不能少。

过完年要走，我想说去看看奶奶，可还是没来得及，匆匆忙忙去上海，差点误了飞机。

我爸在我上飞机前给我打电话，说："浩浩，带个女朋友回来。"

我心里烦，说："真是，别催了，这个要看缘分，你和妈妈不还是自由恋爱吗？"

我爸说："不是给我们看的，是给奶奶看的。"

我心里隐隐觉得有些事可能快来了，可我不敢想。

不敢想，怕这件事变成心里的刺。

后来生活忙碌，我奶奶也不会用电话，我们之间的联系，又少了起来。

2014年11月13日，我再次坐上回家的飞机。

下飞机时我没有看到爸妈，一个叔叔来接的我。

他看到我半晌没说话，我问："我爸妈呢？"

他没有回答我，只是说："你奶奶今天走了。"

我的大脑嗡的一下，突然间一片空白。

今天？

我在飞机上的时候吗？

我想哭，可是我一滴眼泪都没流。

六

直到葬礼那天，我都没有哭。

我第一次看到我妈妈哭得那么伤心，我爸跟大伯、二伯一言不发，默默走在队伍的前头。

我爸爸没有妈妈了。

我就这么跟着队伍一直走，一直到我奶奶火化，我都没有什么真实感。

我大脑一片空白，我什么都回忆不起来。

什么都回忆不起来。

我像是置身一片荒野，四处一片荒芜，而我哪里都去不了，只有我自己。

葬礼结束，离开前我在心里最后念了一句：奶奶好，对不起，这么多年一直没有好好陪你。

没有回答。

两个月后，我要离开故乡，我跟我妈妈说我要出去买点东西。

直到商场关门，我才离开，开着车想往家赶。

我突然想，要不要去那个码头再看看？

于是我一路向着我们这座小城的边缘开去，没过多久就到了。

下车后我看看一片漆黑的码头，和前方的长江，心想大概全世界除了我们，没有多少人知道前方的不远处有一座小岛。

那个岛上有芦苇荡，有漫山遍野的花儿，有我爸那时约会一早要坐的小渔船，有那小小的萤火虫，有那么一户人家，本来灯火通明，后来孩子们一个个都搬走了。

只剩下一个老人还住在那儿。

后来那小屋里的最后一盏灯也熄灭了。

我的奶奶去世了。

我默默鞠个躬，回忆突然都回来了。

我每年过年都会说的那句奶奶好，每个阳光好的午后奶奶都会坐的那把椅子，吃饭后一个人默默回房间睡觉的老人……奶奶总会笑着

说，回来啦。奶奶总会问我，成绩怎么样？然后我再一脸欣喜地把
"三好学生"奖状拿出来给她看，就等着我奶奶的笑容和夸奖。

我想着我原本应该好好安排时间，临走时再回去看看她。

我原本应该订早一班飞机，早一点回来，那我还能听到她回应我。

可什么都来不及了。

我回到车上，突然间号啕大哭，像是要把这两个月的眼泪都流完。

我就这么趴在方向盘上，被回忆淹没，任凭自己的眼泪一行行往下流。

原来过了这么久，我才能够让悲伤掩埋自己。

七

思念是想要穿越时间，去看看过去的你。

可我们谁都没有时光机，只能在深夜对自己说话。

我终于明白这世上存在着所谓的来不及。

来不及就是再也没有办法跟那些人说说话了。

这世上比生离更痛苦的，是死别。

奶奶，鱼很好吃。

奶奶，我毕业很久啦，我成绩特别棒，别担心。

今天是2016年11月12日。
你离开我快两年了。
快两年整了。

如今我走过很多地方，也算是看过世界辽阔，却依然觉得故乡最好。
就像你看遍了银河，也依然独爱你最钟爱的那颗星。

小岛也被开发了，我们小时候的房子也被拆迁。
听说小岛上建了个高尔夫球场，我还没有时间回去看看。
可我想念那小岛最初的样子，想念那个被废弃的码头，想念那所消失的初中，想念还能打滚的泥地，想念那闭上眼睛能闻到的味道，想念地上偶尔一排排的蚂蚁，想念那时在晚上还能跟你说上一两句话的我自己。

最想你。
奶奶。

🔊 这是一篇有声读物，
　扫码回复"奶奶和我"，我读给你听。

你不知道在什么时候，
你也成为过别人的力量

我选择相信这世界上美好的存在，五月吹来的微风，
盛夏飘过的小雨，深夜耳机的音乐，午后慵懒的阳光。
希望你也是。

♪ BGM: *White Blood* Oh Wonder

一

少年时代的我们，常常不自觉地残忍。

因为尚未成年，所以不懂责任。所有说出的话，都不觉得伤人。

以貌取人，给人贴上标签，毫无缘由地指控，常常出现在这个年龄段。

如果一个女生穿得很邋遢，一到冬天一件衣服穿好几天，就会有人去嘲笑。

如果一个男生长得胖了些，体育课上永远都是最后一名，就会遭受欺侮和孤立。

很多指控，大多毫无缘由。

校花被传在外浪荡，乱混；转学生被说曾经被开除，迫不得已才来你这个学校；独来独往的孩子被说成孤僻，接着就传他父母离婚。

人人都擅长捕风捉影，自己脑补所有剧情。明明他们什么都不知道，也没有去了解，却能把想象中的事说得如身临其境，栩栩如生。

人们想要的从来不是真相。

他们只要绘声绘色，他们只要故事好听。

二

高中时的同学，就这么被孤立过。
仅仅是因为她是班里最胖的女生。

如果她大大咧咧，或许能避免很多议论，或许还能跟大家打成一片。
可她偏偏是一个内向的姑娘。

有一次她上课被语文老师点名，让她读一段课文，她却涨红了脸支支吾吾说不出一句话。老师那天也"啧"了一声，嫌弃地让她站着，直到课上到一半才让她坐下。
好事的男生下课就开始议论，说话声音很大，语气里都是嫌弃。

再后来，她的同桌嫌弃她，要求换位置，她就被换到了第一排的角落里。
我至今都无法理解，为什么老师连她的意见都不征求一下，就把她安排到角落里的位置？
她没有说什么，一个人默默地坐到了角落里。

从此再也没有人跟她说话。
她的成绩也一落千丈。

我想起我的小时候，因为不太能说话，也曾这么被人孤立过。

可我那时太懦弱，不敢堂而皇之地跟她聚在一起，只能每次作为班长发讲义和参考题的时候，给她标注一下知识点的范围，偶尔说一次"加油"。

后来高二分班，她转去了文科班。

几个星期后，早上上学时在校门口遇到她，我跟她打了个招呼就想回教室。

她从后面跑过来，送给我一本书。

这本书是《小王子》。

扉页上是她的笔迹，写着：谢谢你。

我留着这本书，却跟她逐渐疏远。

后来我去了墨尔本，跟许多人失去联系，也包括她，不知道她去了哪里。

仔细回想，我们之间说过的话，或许不超过五句。时间把记忆变得模糊，她映在我脑海里的，只剩下那角落里的背影，和那天她递给我《小王子》时的眼神。

只是每次看到那句"谢谢你"的时候，我都暗自责怪那时的自己，其实我可以做得更多。

三

初到墨尔本时，因为人生地不熟，有一次在城市里迷路。

手机不知道什么时候没了电，摸摸口袋，偏偏只剩下几块钱。摸索到了车站，却不知道应该怎么坐回家。

一个大叔看出了我的窘迫，问我怎么了。

我用当时还不太流利的英文解释，我迷路了。

好在我还模模糊糊记得我家的地址，大叔认真地跟我讲解，要先坐哪一路公交车，然后到哪里应该换车，然后坐到哪里下车。

我脑袋乱成一团，机械式地重复大叔说的路线。

他问："记住了吗？"

我心虚地点点头。

他看了看我，说："我送你到换乘车站吧，到了那里就很简单了，换了车坐四站路就行。"

我连忙摆手说："不用，我自己回得去。"

他笑着说："没事。"

又怕我有顾虑，说出自己的名字和职业，表示自己不是坏人。

我慌忙解释，说只是太麻烦他了。

他说没事，他也顺路到那个车站。

我信以为真，就没再坚持。

在路上，他一直跟我讲墨尔本的特色，给我推荐好玩的地方。

下车时他递给我一张纸，是他画的路线图，怕我再迷路。

后来他陪我等到车，跟我挥手告别。

上车后我发现他匆忙地跑到路对面，坐上了回市区的车。

那一刻我恍然大悟，他根本就不顺路。

后来我再也没有见过这个陌生人，才想起来因为急着回家，我都没有向他好好道谢。

人来人往，我们跟很多陌生人擦肩而过。

我不知道他们要到哪里去，我想我们可能这辈子也没有再见面的机会。

可擦肩而过的时候，都会发生很多故事，或许我们在不经意间就忘了，或许我们也不会时常想起，但每次想起这些故事时，我都会觉得这个世界，其实没有那么糟糕。

四

你不知道在什么时候，你也成为过别人的力量。

就像天上的星星，他们不知道你在哪里，可他就在那里，你抬头就能看见。

后来我开始写书，执意要记录生活中那些重要的事。

常常写得不满意，半夜想要撞墙的那种不满意。

好在有朋友支持，后来有了第一批读者，才让我一直坚持到了每一个明天。

那时的我从没想过，有一天我的书可以到很遥远的地方。

2016年，锡林浩特这座小城邀请我去做签售。

当我第一次听到这座城市的名字时，我压根儿不知道它到底在哪里。

助理说："思浩，你的行程是先到通辽，然后去锡林浩特，最后回北京……不过我不太建议你去锡林浩特。"

我问："怎么了？"

她说："通辽到锡林浩特你只能坐车，路程是七个小时……加上行程比较赶，到锡林浩特你就要去学校，第二天还有两场活动，然后你就得连夜飞回北京。我觉得……太奔波了。"

我想了想，奔波也没什么，还是去一下吧。

因为我不知道，错过了这次机会，下次去是什么时候。

第二天，助理告诉我，晚上活动开始前，要去一趟初中。

我内心有些惶恐，唯恐自己说错了什么，或者有什么做得不够好，白白浪费孩子们的一节课。

万幸活动还算顺利，分享了很多我学生时代的故事。

从下面的笑声中，我暗自想，我应该做得不错吧？至少他们没觉得我是个无聊的怪叔叔。

走之前教导主任拉住我，告诉我他有个学生边哭边说，原本以为没有机会能见到我，却在这么一座没有什么人知道的城市遇见了。

我认真鞠躬，却不知道该说什么。

他说："你能给他们带来希望，这或许是我们这些老师都很难做到的事。"

说着说着眼圈就红了。

何其惶恐，何其幸运。

惶恐我做得还不够好，幸运我也可以给别人一些力量了。

我坚信，这个看起来不太美好的世界里，还有很多美好的人在努力着。

不远万里也要去见你，因为我们是彼此的力量。

五

很多时候我看到微博上的一些消息，会觉得特别心寒，有时甚至觉得这个世界不会好了。冷漠代替了善意，很多事情得不到该有的回报。但有时又能看到另外一些消息，让我觉得其实我们都该善良一些。

我妈小时候常跟我说，做人不能太善良，人善被人欺。
我无法反驳她，甚至不得不承认，我妈是对的。

有些人不在乎你背后的故事，有些人踩着你的头往上爬。
如果你刚好步入职场，那这应该是最孤独的日子。

这是你真正意义上的单身，你被迫扔掉你的所有学生气，你的老朋友离你太远，你的新朋友走不进你内心。最开始你穿上工作服的时候甚至有点想笑，你在想，怎么不经意间你也有了大人模样。可事实是就算你换上了西装，也不代表你适应了成人社会。
太难过，太多挫折压在你头上，你没法跟亲人诉说，你觉得那是增加他们的负担，而这是你最不希望做的事情。所以所有事情默默扛着，这是你最难熬的时间段，你会发现你之前所有赖以生存的技能都是半吊子，连小聪明都算不上。

有时你想，这个世界为什么这么不公平。

冷漠毫无成本，显得善良多么脆弱。

但总有那么一些时刻，你得去做一些事情，不是为了什么回报，而是为了那句扉页上的"谢谢你"，为了心安。

因为你回想起一些时刻时，你会发现别人在不经意间给了你一些力量，而你也不经意间给了别人一些力量，那么就把这些时刻记下来，延续下去。一个故事会变成两个故事，两个故事会变成更多故事，哪怕最后故事之间毫无关联，也无所谓。

这个世界从来就是美好和丑恶共存的，有些人你无法沟通无法理解，有些事让你恶心得想吐。但有些人让你觉得温暖有力量，有些事就是能让你简简单单地笑出声来。

那么我想，我要永远站在美好的这一边，因为我就是这样的人。就算这世上再多不公平，就算丑恶的那一边看起来很轻松。

我也绝不跨过去。

我一直相信，你是个什么样的人，你就会遇到什么样的人。

我选择相信这世界上美好的存在，五月吹来的微风，盛夏飘过的小雨，深夜耳机的音乐，午后慵懒的阳光。
希望你也是。

或许我们注定成不了星星，可我们能成为萤火虫。照亮前方的一点
点路就可以了，我不需要知道未来的全部，那样没意思。
照亮身边的人就可以了，我只想给你一点点动力，剩下的路可能依
旧布满荆棘，没关系，我们一起走就好了。

因为有些人在不经意间成为你的力量。
那也请你相信，在某些时刻，你也成为过别人的力量。

不要让他们失望，最重要的，不要让自己失望。

路再长也要走下去，
扫码回复"小王子"，让我给你一点力量。

Part 4

大龄女青年的少女心

她的一切都是自我保护，大概她其实一直在隐隐期待着，
有个人能穿过重重迷雾找到她。

♪ BGM: *This Is the Life*　Angie Miller

一

有一天晚上，我工作到天亮。

手机响了起来，蒋莹给我发了一张照片，照片里是她的电脑，显示着她做到一半的PPT。

蒋莹是我的一众朋友里，少有的生物钟可以跟我保持高度一致的人。

这很难，因为我的生物钟已入化境：那就是完全没有生物钟。

早上六点我们可能刚忙完，一起出门喝了一杯咖啡，上午九点我们可能已经各自开起了电话会议，中午十二点我们可能刚喝完红牛准备下午的奋战。

久而久之，我练就了一项技能，赶路时，无论坐高铁还是飞机，只要能坐下超过半小时，我就能瞬间进入睡眠状态。

有一次我们一起坐飞机。

早上六点的早班机，我挣扎了很久才决定不穿着睡衣去机场。蒋莹却穿着八厘米的高跟鞋化着精致的妆出现在我面前，还涂了大红色的口红，站在我身旁显得熠熠生辉。

上飞机后，她又立马去洗手间卸妆了。

作为一个跟钢筋一样直的直男，对此表示无法理解。

我问："蒋莹，你为什么一大早坐飞机要化妆？"

从蒋莹家到机场只要四十分钟，而我们这次要飞行四个小时。

她不屑地看着我："我怎么可能顶着黑眼圈和暗黄的皮肤出门呢？老娘就算半夜出门倒个垃圾，也是会先化妆的。"

说完她就换上了自带的拖鞋，戴上了耳机和眼罩，表示自己要进入睡眠状态。

我困意也一阵阵往上涌，瞬间昏迷。

飞机快落地时我才醒过来，蒋莹不知道什么时候已经换回了高跟鞋，抹好了口红，化好了妆。

最让我惊讶的是，睡了一路她的头发居然一根不乱。

我想起我每次睡醒之后的赛亚人发型，不由得陷入了沉思。

这他妈简直是神技啊！

当然我也不是没有见过蒋莹素颜的时候。

我们住同一个小区。

有天深夜，她突然给我发来信息："我家停电了，你家停电没？"

我回："没有啊。"

刚回完就听到敲门声，还没等我回过神来，她揣着电脑就冲进了客厅旁的厕所。

过了一会儿，我听到厕所里有人在喊："卢思浩，你家Wi-Fi的密码是什么？"

两小时后蒋莹从厕所里出来了，披头散发，睡眼惺忪，打着哈欠说："卢思浩，你家Wi-Fi信号真的很差，害得我一个资料就查了半小时。"
我翻了个白眼，说："谁让你在厕所的？你不能到客厅吗？"
她抱紧自己，说："卢思浩，想不到你是个色狼。"

我头顶三个问号，说："你说这话时能不能先照个镜子？？"
蒋莹大惊："妈的，刚才出门太急忘了化妆了。"

二

蒋莹最让我佩服的，是她对时间的压榨能力。
每天没有什么时间睡眠，还能抽出时间网购。每周七天都要加班，还能每天抽出一个多小时健身。每年都过得焦头烂额，居然还能抽出固定的时间去各个国家旅行，生生把一天的24小时过成了48小时。

有时朋友也会诧异，问她哪儿来这么多的精力。

她说："努力工作才有能力好好去玩，世上有趣的事情那么多，我们要对世界永远充满好奇，更何况我的工作本来就很有趣呀。"

跟她相处时常觉得压力很大，因为她总让我们觉得自己不够努力。

但大家都爱她。

因为她的性格实在太好了，就跟她的皮肤一样好。

有一次我的一个朋友来北京玩，要在我家小住。

那时我正好在全国巡回签售，要第二天早上才能到北京。任婧和老唐出去蜜月旅行了，王辉又不在家，无奈之下我只好把钥匙寄给蒋莹，拜托她帮忙开门安顿下我朋友。

我特地说："蒋莹，你只要负责把我朋友接进我家门就好了。"

她说："放心，交给我吧。"

第二天我到家，朋友把蒋莹夸了一遍又一遍。

他说，蒋莹把他接到家之后，特地带着他出门转了转，带他熟悉周边环境。又陪他去了商场，买了换洗的床上三件套，把空房间收拾了一下，简直无微不至。

我朋友感动得快哭了。

我打电话给蒋莹道谢。

我说："蒋莹，你太客气了，其实你不用……"

她打断我："不用什么不用，你的朋友就是我的朋友，理应的。"

我过意不去，还在道谢，说改天来我家吃饭，我下厨。

她打断了我。

她说："对了，我帮你把客厅也收拾了一下，满地猫毛怎么见人？"

我说："我在家的话每天都会整理的。"

她没理会我："你说你的读者要是知道你家这么乱，他们会嫌弃死你的吧，我要不要去你的微博评论一下呢……"

我慌忙说："不不不，一切都是意外，一切都是幻觉，你昨天看到的都不是真的……"

她哈哈大笑，说："不说了，我还有事要忙，先挂了。"

后来我才知道，那天她安顿好我朋友，转头又回家加班了。

而我给她打电话的时候，她在赶去开会的路上。

三

这么好的一个人，个人感情问题却一直没解决。

一方面因为她真的很忙，另一方面她实在是方方面面地拒绝所有人的靠近。

她自己也说："太麻烦了，谈恋爱太麻烦了。要彼此试探着靠近，我又是自尊心极其强的人，深夜里的一句'你在干吗'就是我说过的最具暗示性的表白了。"

因为工作，她倒是也能接触到很多人，只是我听说她是这么拒绝一个人搭讪的。

会议结束，有人过来搭讪，对蒋莹说："你很好看。"

她说："谢谢。"

他说："能留一个微信吗？"

蒋莹装作没听清："啊？"

男生又说了一次："能留一个微信吗？"

她依旧装作没听清："啊？"

男生张大嘴，一字一顿地说："能留一个微信吗？"

她冷漠地说："这样啊。"

"不能。"

惜字如金。

其实那个男生不是完全意义上的陌生人。

几个人也一起开过几次会，彼此也算是认识了。

可她就这么冷漠地拒绝了。

所以很多跟她不熟的人，对她单身的解释都是两个字：高冷。

只有我们几个朋友跟她相处久了，才知道她完全不是这样。

你能想象到这样的一个姑娘，有一天在家突然背起了《一人我饮酒醉》的歌词吗？

如果你不知道这首歌是什么，那这样说好了，蒋莹是这么一个姑娘：

如果唱歌时她不熟悉的人超过三个，她会坚决拒绝唱歌。实在拒绝不了了，就唱一首孙燕姿的情歌，饱含深情，技惊四座。

但如果唱歌的时候只有我们在，她的歌库是这样的：《最炫民族风》《嘻唰唰》《小苹果》……

这都不算什么，有一次她点了一首《江南style》，居然从头到尾一字不错地唱完了。

这得是一个人默默听了多少遍？

最关键的是，她总是唱着唱着毫无预兆地开始尬舞，然后开始活跃气氛。

她说："好不容易好朋友聚在一起，当然要开心啦，那我就以身作则吧。"

我有时在想，高冷的蒋莹和逗B的蒋莹到底哪一个是真的。

直到有一天她给了我一个解答：两个都是真的。

"如果你能看到我逗B的一面，说明我把你当真朋友啊。"

我瞬间被说服了，觉得她说得很有道理！

接着她说："就好像我能看到你家客厅很乱一样啊，你说要是你的读者知道……"

我大惊："这不是事实！"

又想起了什么，正色说："不许去我的微博评论！"

四

对恋爱，蒋莹有这样一个理论：

她说："你听周杰伦的歌吧？"

我点点头。

她说："你听过《龙卷风》吧？"

我点点头。

她说："你知道为什么周杰伦把爱情形容成龙卷风吗？"

我思考片刻，问："为啥。"

她说："因为龙卷风大家都听说过，但没几个人见过。"

我忍不住问："蒋莹，你这个理论，是什么时候琢磨出来的？"

蒋莹没有回答。

后来有一次，我陪她看完一场午夜电影，刚想和她讨论电影剧情，

却发现她在哭。

我愣在原地，压根儿没想到看一部爱情电影的她会哭。

要知道这是看爱情电影从来get不到点的蒋莹啊，还记得有一次任婧

看完《那些年，我们一起追的女孩》时满脸是泪，蒋莹一脸莫名其

妙的表情，说："这有什么好哭的？"

任婧说："你不觉得男女主角很可惜吗？"

蒋莹说："有什么好可惜的，这不都是他们自己作的吗？"

我们无言以对。

我甚至从来没有见她哭过。

哪怕被房东赶出家门，她也没有哭过。

哪怕是生着病做完的计划书被批判得一文不值，她也没流过一滴眼泪。

我试探性地问："怎么了？"

她说："你知道我为什么这么爱工作吗？因为工作不会背叛你。"

说着说着，蒋莹的眼泪唰唰唰地往下掉，我这人最受不了女生在我

面前哭了，因为我压根儿不知道怎么办，只好手忙脚乱地满世界找纸巾，可手里能称得上纸的只有电影票。

我想了想，默默地把电影票递了过去，说："我没有带纸巾，你将就一下……"

蒋莹破涕为笑，说："你真的是死直男，这种时候你不知道把肩膀靠过来吗？"

我恍然大悟，认真点头表示又学到了一个技能。

蒋莹却自己用袖子擦干了眼泪。

她第一次说起自己的故事。

说其实自己见过那么一次龙卷风。

五

蒋莹的人生设定，原本是一个白富美，白是天生的，重点在富，所以就美。

小时候别人没有的，她全部都有。别人家还只能看黑白电视的时候，她家已经有了彩电。别人家还不知道电脑是什么的时候，她家已经有了一台电脑，虽然只是Windows98的系统。

可一次变故，让她失去了自己的父亲。

母亲又接连做了几次糟糕的商业选择，她的家境一落千丈。

即便是还幼小的她，也能感受到世界的天翻地覆。很快，生活给她的是没有尽头的搬家。很多时候她还没有熟悉一个地方，就得搬去下一个地方。

从一个高档小区搬到一个普通的小区，又搬到一栋破旧的小楼。

到后来，她只能寄人篱下，住在姑妈的家里。感谢老天给了她一个好姑妈，和一个好脑子。

姑妈对她不错，而相对较好的成绩，也的的确确让她摆脱了一些烦恼。

过年的时候，她多多少少还能因为成绩这件事情稍稍抬起头来。

大学她报了金融专业，毕业后去了上海，就这么遇到了自己的初恋。

初恋比她大几岁，用她的话来说，她压根儿接受不了比自己小的男生，聊不了几句话就能感觉到对方的幼稚。

她原本以为，找到了一个靠谱的人，找到了一个细心体贴懂得照顾她的人。

恋爱谈了几年，两人开始谈婚论嫁。

有一天，有个女生加她微信，备注写着她男友的名字，她就通过了。

女孩第一句话就是："我跟文科在一起半年多了。"

她大脑瞬间一片空白，头皮发麻，只觉得自己心跳到一百八，完全无法呼吸。

她无法相信。

她跟他在一起时，天天发短信，从睁眼到闭眼，都是亲爱的，么么哒。一天通好几个电话，最重要的是，他父母已经完全认同她了，也在计划着结婚的事情，就等两人拍板了。

这样的一个人，怎么可能出轨？

不可能的，不可能的，她对自己说。

可紧接着那个女生就给她描述了很多细节，通通是外人没法得知的细节。

蒋莹颤抖着说："不可能，我跟他在一起三年了。"

那姑娘趾高气扬，说："我也跟他在一起半年多了，不信你去公司问同事啊。"

蒋莹说："我们准备结婚了。"

她说："哟，准备结婚又不是结婚了。怎么着，那按照古时候，我是不是要叫你一声姐姐？"

蒋莹没有给男生发信息，一个人住到了酒店，一直忍着。
她不敢确认，害怕打电话过去质问，发现所有的都是事实。

一个人到底有多爱一个人，才愿意为了他自欺欺人呢？

第三天，男友才给她发信息，问她去哪里了。
她说："我都消失快三天了，你才找我？"
他没正面回答，说："我想了想，我还是不想结婚，如果你接受不
了，我们就分手吧。"
她只是说了声"好"。

之后一个礼拜，蒋莹没怎么吃饭，生生瘦了十斤。也睡不着觉，每
天努力去睡两个小时也都是迷迷糊糊的，一滴眼泪都没有流出来。

后来到底还是哭了一次。
她说自己不是因为想到这段恋爱而哭，只是突然想到自己的父亲如
果还在，一定不会让她受一点委屈。

哭过之后她发誓自己再也不哭了。
直到那天晚上我们看了一部电影。
直到那天白天她听到他结婚的消息。

我听完故事，说："他不值得你难过。"
她沉默了一会儿，说："我是替当年那个小女孩难过。"

那个一直要强的小女孩，终于卸下了防备，脱掉身上的刺。
满心欢喜，却等不到想要的结果。

六

蒋莹顿了顿，深吸一口气，说："从此我想通了一件事。"
我问是什么事。
她说："我以前一直觉得我是不能原谅他，后来才明白我是不能原谅自己。你看我聪明，长得又好看，要情商有情商，要智商有智商，我不能原谅自己居然也曾经那么傻×过一次。我想通的是我永远不能让自己陷入糟糕的境地，永远不能狼狈，所以每件事情都要做到最好。"

我突然明白了，那天去机场她为什么要化妆。
不是给别人看的，是给自己看的。
她不允许自己糟糕，即便别人发现不了什么区别。

我给了她一个拥抱，她抱了我一会儿，然后推开我。

她说："老娘哭的事情你要是让别人知道你就完蛋了！"

七

有的人是这样的，他们不用做什么惊天动地的事，他们不用说什么凄凄惨惨的话，你就忍不住心疼。

你知道她是真的坚强，并不是在逞强。
可看到她弱小的肩膀，你还是想要过去扶她一把。
至少告诉她：没事，你的好朋友还在。

回到家，想到她的事情我怎么也睡不着，给她发了条信息。
信息是这么写的：
"你这个人，从一开始就太理性。你把自己层层包裹起来拒人于千里之外，哪怕付出也是适可而止。为了避免所有的结束，你避免了所有的开始。但是我还是希望有个人，有那么一个人可以看穿你怕受伤的心，坚定地站在你身边。你知道，听歌时发现没谁可想，空空落落的，也不是件好事。"
她给我回了三个字，言简意赅：希望吧。
我说："会有的。"
她说："希望啦，那个人肯定得让我觉得聪明对吧，然后我们还得有钱对吧。我还希望呢，我们可以彼此独立，最后呢，希望他有点少年感。"

我问："少年感？"

她一本正经地说："因为要配我的少女心啊。"

我大惊，说："少女心？蒋莹，你确定你说的是：少——女——心？"

她说："怎么了？老娘还不能有点少女心吗？我只不过是很难去相信一段爱情而已，我跟你说，万一我真的再鼓起相信的勇气的时候，我一定要跟我那时候的男朋友做一件事情。"

我露出了暧昧的笑容，说："哦？莫非是嘿嘿嘿的事情？"

她说："跟朋友们一起玩捉迷藏，找到了可以亲一下的那种，我就故意被找到！你想啊，当你躲在门后等待着一个人找到你，当你真的被你期待的人找到了，该是多么开心的事情啊。"

我瞬间明白了。

蒋莹就是一个躲起来的人。

很多人都是躲起来的人。

他们身上的每一寸坚硬都是因为曾经留下的疤，不能再碰，所以坚硬，所以再也不把这伤疤暴露在任何人面前。他们越是这样，越是让人难以靠近；可他们越是这样，真正了解他们的人就越难受。

有时候你希望他们能遇到这样的一个人，一个可以看穿她所有伪装和逞强依然坚定地站在她身边的人。

那些固执的潇洒，不过是最后的体面。
就好像他以为你很酷，其实你只是不想在他面前哭。

我多么希望蒋莹可以遇到这样一个人。
她可以不用假装不用逞强，就算对着所有人都要一副大人模样，在他身边她可以完全像个孩子，天真烂漫，肆无忌惮。
只是让她敞开心扉，需要很多的时间。

我想，她值得。
因为她明明知晓很多道理看过很多事情，却依然对这个世界保持好奇。
因为她明明见过很多世面也看过山川大海，却会对朋友送的小礼物发自内心地欣喜。
因为她对待朋友是那么真诚，只要她认定你是她的朋友，她就会坚定地站在你身边帮助你。

好了，写完这篇故事是在凌晨，我在上海，她正在去肯尼亚看动物大迁徙的途中。

我到底还是把她哭的事情写了下来，如果书出版之后有段时间我没有发微博，那么我想我一定是被她打死了。

…………

如果我的评论里多了一条留言，说我不怎么爱收拾家。

那这条评论一定是假的。

我家真的不乱，不信扫码回复"绿植"，就能看到我养的植物们。

给你十二只柯基

希望你也还能遇到让你坚定的人和事，真心都不被辜负，信任的人都值得。

BGM:《我是一只鱼》任贤齐

一

老唐和任婧是我见过的智商最低的情侣。

我家有个家庭影院，有天我们窝在沙发上一起看电影。

电影是关于三国的，任婧突然冒出一句："厉害的人果然是扎堆的耶。"

我说："那当然啦，你看曹操、袁绍、袁术、许攸他们都是发小。"

任婧认真点头，说："对啊，你看项羽和刘备也是。"

…………

我他妈还能说什么，只好告诉她那个叫关羽。

又有一天我们看电影，任婧突然问："陈可辛是谁？"

我刚想告诉她，老唐一本正经来一句："陈可辛是谁你不知道？香港黑帮片教父啊！"

语气里是掩饰不住的自豪，任婧认真点头，眼神里写着崇拜。

…………

我他妈还能说什么，只能告诉他那个叫杜琪峰。

又有那么一天，阿辉放了一首光良的《第一次》。

任婧说："光良之前是不是有个什么组合？"

我说："对啊，叫无印良品。"

她认真思考了一会儿，说："无印良品是他们开的吗？"

…………

我他妈还能说什么，只能告诉她他们只是同名。

有时他们也会秀恩爱。

有一天老唐说，每次都可以在人群中一眼看到任婧。

我放下筷子，问："为什么？"

老唐说："恋爱的人有种超能力，人山人海里别人都是黑白的，只有她是彩色的。"

我内心毫无波动，咽下一块鸡肉说："单身狗也有一种超能力。"

他好奇地问："是什么？"

我说："秀恩爱的话我通通都听不到，所以你刚才说什么？"

他们自讨没趣，我哈哈大笑说："在我面前秀恩爱，也不看我单身了多少年。"

说完突然觉得哪里不对，对着鸡肉陷入了沉思。

二

老唐是我的老乡，那时候他知道我要去墨尔本，特地找我了解出国流程。

可惜等他来了墨尔本，我已经去了堪培拉。

假期回墨尔本玩，去他学校找他。

正好需要电脑，他就带着我去电脑室。

刚打开门他突然一个激灵往后退了一步，赶紧跟我说换一个电脑室。

我疑惑地问："怎么了？"

他悄悄指了指坐在最后边的一个姑娘，小声说："我喜欢的姑娘在那里。"

我用正常的声音说："这样啊，是她啊。"

他赶紧捂住我的嘴，把我拉出教室，我说："喜欢就去告诉她啊！"

他认真地说："现在还不到时候。"

我问："那要等到什么时候？"

他说："等我再优秀点。"

他说："我们现在在异国他乡，毕业后可能会各奔东西。我想努力到不管去哪里，都可以带她去。"

天知道他说这句话的时候，我居然能从他的眼神里看到光。

2015年我来北京，老唐已经在北京生活了一段时间。

他找到我，一脸神秘地说："一会儿介绍一个人给你认识。"

很快姑娘到了，她说："你就是老卢吧？我常听老唐提起你。"

我礼貌地跟她握手，趁她不注意用眉毛给老唐发信息：她是谁啊？

老唐用唇语说了三个字：墨——尔——本。

我瞬间反应过来，这就是三年前他喜欢的那个姑娘。

这世界匆匆忙忙，没有谁一定能等到谁，他却等到了任婧。

后来我想换一个房子，正好他俩也想换房子。

我们就租了个稍大点的房子，住到了一起。

三

有天他们吵架，据说是因为逛街的时候，老唐盯着一个姑娘看了一会儿。

我赶紧冲到客厅劝架。

老唐说："那你把你手机里的彭于晏删掉！"

任婧说："彭于晏跟刚才路过的姑娘能一样吗？"

老唐大喊："怎么不一样了？"

任婧怒吼："彭于晏是我老公！那姑娘是你的老婆吗？"

我劝："一个是偶像，一个是路人，你们争什么呢……"

老唐和任婧同时对我喊："情侣之间的事你是不会理解的！"

我脑袋冒出一个问号，好端端劝架，怎么就歧视单身狗了。

瞬间加入吵架的行列，我对任婧说："彭于晏怎么就是你老公了？

你把我们老唐当什么？"

我又对老唐说："女朋友就在身边怎么还看别的姑娘呢？你把我们

任婧当什么了？"

两人瞬间站到同一战线，说："我们把彼此当爱人啊。"

我遭受双重打击，招架不住，捂着内伤逃跑了。

妈妈，情侣吵架都是骗人的！

我再也不劝架了！

遭遇内伤的时刻，还有跟他们一起逛街的时候。

你知道那种跟情侣一起逛街，然后他们手牵手走在你面前还蹦蹦跳

跳的感觉吗？

这感觉就像是其他人的信号都满格，只有你的手机没信号。

那一天我们一起走在街上，老唐牵着任婧的手，走着走着任婧说：

"好冷啊。"

说完就把手塞进了老唐的口袋里。

又过了一会儿，任婧说："这么走好累哦。"

说完"噔噔噔"又跑到老唐的另一边，握住老唐的左手塞进口袋里。

四

听任婧笑着说过一个故事。

有一天，两个人正准备赶地铁回家，走在路上却突降大雨。他们都没有备伞，路边躲雨的屋檐又抵挡不住这大雨，最好的办法就是冲到地铁站。

地铁站离他们还有一条街，老唐二话不说就抱着任婧冲了一条街。

我表示质疑，因为老唐太瘦弱了，就让他这么跑一条街可能都是个问题。

任婧却一脸幸福地说："那一定是因为我吧，他才有那么大的力气。"

老唐不知怎的听到了这个故事。

本以为他会说"你就是我的力量"，却没想到他对任婧说："因为你腿短啊。"

任婧拍案而起，说："腿短怎么了？腿短多可爱啊？你看柯基多可爱！"

任婧最爱的动物就是柯基，每次在路上看到柯基就走不动道，手机屏保也是柯基。只是苦于没有时间照看狗狗，一直没有养柯基。

那时我看着他们甜蜜地拌嘴，又想起最开始老唐跟我说他喜欢上她的样子。

我想他们一定会幸福很久。

却没想到他们差点分手。

分手的原因是任婧想要结婚，老唐却不想那么早结婚。

任婧本来很生气，最后还是冷静下来，心平气和地跟老唐讨论这个话题。

任婧表示两人恋爱这么久了也该结婚了，老唐觉得结婚不过一个仪式，摆几桌酒席，请一堆不熟的亲戚，没有什么意义。

说着说着，任婧突然站起身来，摔门走了。

老唐追了出去，却没有找到她。

后来我们才知道，任婧假装坐电梯走了，其实藏在安全通道的楼梯里，默默地哭。

晚上任婧回来，老唐因为太着急口不择言，说："怎么现在才回来？"

任婧说："我想出去走一走。"

老唐问："去哪儿？"

任婧说："正好家里有点事，想回家待几天。"

老唐点头，说："好。"

然后又说："我等你回来。"

五

回家那几天，她也在群里跟我们保持联系，示意我们别担心。

任婧离开几天后，老唐抽了根烟，跟我说了一些话。

他说："我想通了，我害怕结婚，其实更怕的是那些压力。婚姻是两个家庭的对接，我怕我做得不够好让她受委屈。现在我发现了，当你喜欢一个人的时候，你会希望你们的余生越快开始越好。因为害怕未来给不了她想要的，就拒绝现在给她想要的东西，我真的太傻了。"

我拍拍他的肩膀，认真地说："你智商一向很低，难道你不知道吗？"

他说："你帮我筹备下，但你别告诉任婧。"

我点头说好。

晚上任婧却跟我聊起天来。

她说："我想通了，老卢，我不应该给他那么多压力。我想结婚是想要一个仪式，不是说想要让全世界知道我们结婚了，我就是想有那么一个日子，在那一天我是最漂亮的新娘。我现在明白了，跟他在一起就好了，每一天我都是漂亮的。"

我忍住所有情绪，不动声色地问："那你什么时候回来？"
她说："下周一我就回去了。"

这两个人，就算吵着架，也还在为对方考虑。
回来后两人很快和好，又恩爱如初，默契地不再提结婚的事。
一切计划都秘密进行，可怜我和王辉，还要给老唐打掩护。

2016年6月，任婧生日。
老唐约任婧吃饭，吃到一半接了一个电话说了句"有急事"，就匆匆忙忙离开了餐厅。
她一个人留在餐厅里哭笑不得，不知所措。
我和王辉从后边出现，她又惊又喜，问我们："你们怎么也在这里？"
我笑着说："给你一个生日惊喜。"
她嘟着嘴说："老唐也不知道去哪里了。"

我和王辉对视一眼，同时对任婧做出一个"请"的手势，示意她到外头看一看。
她疑惑地看着我们，将信将疑地往外走。
走到一半突然出现了十二只柯基，是的，十二只，我身边所有养柯基的朋友都被他骚扰了一遍。

任婧看到十二只柯基，刹那间眼泪两行。

不光是十二只柯基站成一排这场面太有冲击力，还因为每只柯基身上还绑着气球。

气球上写着："我爱你，你可以嫁给我吗？"

虽然任婧一直天然呆，但她也瞬间懂了老唐的心意。

这时老唐的歌声传了过来。

"需要你，我是一只鱼，水里的空气，是你小心眼和坏脾气。"

我突然想到，剧本不是这么写的啊，我推荐的歌明明是《私奔到月球》。

你看《私奔到月球》的歌词："其实你是个心狠又手辣的小偷，我的心我的呼吸和名字都偷走。"

是不是比小心眼和坏脾气好上那么一点？

我心里为老唐捏一把汗，还好我们听到了后面一句："没有你，像离开水的鱼，快要活不下去，嫁给我吧！"

不过我想任婧应该不会有我这样的心理活动，因为她早就循着歌声的方向跑了过去。

老唐的声音早就紧张到发抖，这首歌早就唱得不成调，最后的"嫁给我吧"生生变成了嘶吼。

但任婧也早就哭成泪人，跑到老唐面前还没顺过气，想说一句"好的"却只能发出哭声。

老唐也哭了，说："你一直觉得自己不漂亮，但其实我一直想告诉你，你在我心目中就是最美的，美到我想让全世界都知道你就是我的媳妇。虽然我有时候很傻，脑筋也不知道转弯，可你的爱好，你的情绪，我都能懂，我都记在心里，永远都不会忘。"

说完，画面定格了一秒，我们在背后说："任婧，答应人家就点头啊！"

任婧才反应过来，用力又认真地拼命点头。

我和王辉兴奋地叫出声来，一人解下两只柯基拴在柱子上的绳索，想带着柯基跑到他们身旁。

哪儿知道我解开的这只柯基瞬间放飞了自我，我被它带着往反方向跑了过去。

我大喊："不对不对，掉头掉头！老唐！你等我回来再给任婧戴戒指啊……"

同时心想，尼玛为什么柯基腿这么短，跑起来能这么疯？

就在我跟柯基斗争的时候，老唐颤抖着给任婧戴好了戒指，王辉在一旁欢呼鼓掌。

…………

这群王八蛋。

六

其实老唐和任婧一点也不笨。

只是两个人在一起久了，早就看到彼此的缺点，也学会了包容。所以才那么肆无忌惮，有时说话也短路。

就好像我在喜欢的人面前，也总会犯些傻，回头想想明明那些知识自己都知道，偏偏一时忘词。那些幼稚，是只有你爱的人才能看到的孩子气。

在一起，意味着我从今以后的人生，愿意分你一半。

这句话，不只是陪伴，还包含着信任。

这些年随着成长，经历了太多复杂，很难再简单地去相信。

我们看到太多分开和悄无声息的告别，也见过一些黑暗和歇斯底里的背叛。人和人之间的感情到底有多脆弱呢？一句话没有讲清楚，过几天或许就是陌生人了。

可生活里总有一些人，用自己的坚持，告诉我们这世上还有一成不变的美好。

所以每次看到好朋友最幸福的瞬间，我都会忍不住想流泪。

太难得了，每个幸福的背后，都藏着只有他们知道的，那千山万水也要相见的不容易。

我们兜兜转转，有些人还在等待，有些人遇到了彼此。

遇到一个对的人，是天时地利人和的好运气，我不知道自己有没有这样的好运气。

但我很开心，我身边的人，能拥有这样的好运气。

希望你也还能遇到让你坚定的人和事，真心都不被辜负，信任的人都值得。

就像老唐和任婧一样。

想看借狗的故事，扫码回复"柯基"，
看我们和柯基斗智斗勇的那些事。

有人在黄昏等日出，而我在等你

火车停靠站台，一个旅人下车了，这不是你的终点站，
你要继续往前走的。

BGM: *One More Time, One More Chance* 山崎将义

一

2017年春天，公园里花朵盛开，风拥抱着每个路边的人。世界温度刚好，我们对视一眼，都像活在暖色调的照片里。

只是我们无暇欣赏风景，因为我们正在激烈的战斗中。

"猥琐发育，别浪！"[1]

话音刚落，我方英雄被敌方杀死。

"稳住，我们能赢！"

话音刚落，我方防御塔被敌方摧毁。

我的游戏数据是12杀3死，我方阵营居然节节败退。

我遇到的都是一群什么猪队友？

敌方最后一次攻击。

我负隅顽抗，击杀对方三人，奈何队友先我而去，我没能守住。

快输之前，对方发来一句嘲讽："你们怎么只有四个人？让露娜[2]出来啊。"

---

[1] 游戏术语，游戏玩家以此互相劝勉不要冲动硬拼，要慢慢积蓄力量。

[2] 游戏中的一个人物。

我回："出来你大爷，我们让让你。"

游戏结束，一场惨败。

蒋莹摊手，说："真不怪我，你看我打了多少输出。"

老唐说："也不怪我，你看我扛了多少伤害。"

任婧举手投降，说："你们的意思是怪我这个刺客咯？"

我们三个异口同声："废话！"

任婧委屈地说："我们家有个英雄在泉水里一动不动，四打五怎么赢？"

老唐说："是啊，阿辉，你老在泉水里不动，这把怪你。"

我收起放在一旁的手机，轻声说："等下次有空，我们再来一把。"

没有回答。

我收起的手机不是我的，是王辉的。

这一天是2017年4月4日。

清明。

二

王辉比我年长几岁。

2014年，王辉准备结婚。

他来北京三年了，白天拼命工作，生生累瘦两圈。终于赚了一点钱，租了房，有了第一笔存款。他拼命工作的原因，是想在北京多赚一点钱，然后把女朋友接过来一起生活。

他的愿望就是这么简单，他也确实努力做到了，把女朋友接了过来。

有天王辉失眠，正盘算着下个月怎么多一些业绩。

身旁女友的手机亮了起来，他本来没有在意。只是信息来得实在太频繁，黑暗里晃得眼不舒服。于是他走了过去准备悄悄地把手机翻个面，却看到了那一连串的信息。

一个陌生的号码，最新的那条是：我喝多了，你在干吗，亲爱的？

他不动声色，为她找理由。

心想这么多年自己没有陪着她，她心里难免有短暂的空缺。没关系，剩下的日子，他好好陪她好好爱她，把那空缺填满。

第二天，他单膝跪地，求婚。

女孩迟疑了一下，点头说好。

婚礼那天，有个姑娘喝得酩酊大醉。

送她回家的路上，我听到她喃喃自语：你要幸福。

车窗映出她的脸，我心想，火车停靠站台，一个旅人下车了，这不是你的终点站，你要继续往前走的。

姑娘的名字叫小月。

第二天，她收拾行李离开了北京。

三

2016年，王辉离婚，坚称是自己出轨，默默付完一年的房租，存款都留给了她，净身出户。

身边所有人都骂他，说他是浑蛋不是人。

晚上他没地方去，给我打电话。

他问："老卢，你能收留我多久？"

我说："你想住就一直住着。"

他说："你果然是我的好兄弟。"

我恶心得一身鸡皮疙瘩，说："打住，我会算房租的，等你发达了连本带利还回来。"

电话另一头传来嫌弃的声音："啧啧啧，我就知道。"

就这样，他躲到我家，白天不见人，晚上闷头打游戏。

我想起以前有一次凌晨没睡，恰好他给我发信息，聊了几句，我问："这么辛苦值得吗？"

他说："为了她都值得。"

我家还住着我们两个共同的好朋友，是一对情侣：老唐和任婧。

有时他们秀恩爱，我一个单身狗能怎么办，只能假装什么都没看到。

王辉悻悻地路过，留下一句："反正他妈的还是要离婚的。"

有时我们一起看电影，是个悲伤的爱情故事，电影中男女主角最后还是分开了。

任婧哭得梨花带雨，王辉默默地飘过一句："你看，反正到最后还是要离婚的。"

从此"反正到最后还是要离婚的"变成他的口头禅。

四

在他来我家的第二天，我接到一个电话，是小月打来的。

她说："出来吃饭。"

我问："你回北京了？"

她说："嗯。"

到了吃饭的地方，我迟疑地说："王辉离婚了，现在躲在我家。"

小月看着我，一脸镇定地说："我知道。"

我诧异，想问她怎么知道的，还没来得及说出口，她突然说："王辉不会出轨的。"

我"啊"了一声，敏感地抓住重点，说："你知道他离婚了？"

她眼神闪烁，没有正面回答，只是问我："思浩，我能去你家看看他吗？"

小月到我家，敲开王辉的门，他正戴着耳机忘我地玩游戏。

小月没有叫他，无声地退了出来。

回到客厅，她说："王辉不可能出轨的。"

我说："我知道。"

我见过王辉拼命工作的样子，我知道王辉给当时的女友打电话的神情，我记得他有了第一笔存款时的欣喜，他说："我总算可以昂首挺胸地把她接过来了。"

如果真的有出轨对象，为什么我们从来没有见过她，为什么她一次都没有出现？

他不说，我们也一直没问。

小月问了，他不愿意回答。

于是我们默契地再也没提起这件事。

五

2016年的3月28日，王辉一反常态很早起床，走到阳台一个人默默地抽烟。

他一根接一根地抽着，我有点看不下去，到阳台拍拍他的肩膀，说："忘了吧。"

他吐出一口烟，沉默半晌，说："忘不了。"

那一天，本该是他结婚两周年纪念日。

那天晚上，我们几个加上小月一起喝酒，王辉很快就醉倒在地毯上。

我抬不动瘫在地毯上的他，只好弄来一床被子给他盖上。

小月说："思浩你去睡吧，我看着他就行。"

我摇头，说："小月，没事的，你让他自己躺会儿，你快休息吧。"

她微笑着说："没事，我不累。"

我困意一阵阵往上涌，没再坚持。

睡了没多久，我口干舌燥，醒了过来，想着去客厅倒杯水。

看到小月头靠在沙发上，牵着王辉的手，睡着了。

我会心一笑，蹑手蹑脚地想把被子也给小月盖上，却不小心吵醒了她。

她揉揉眼睛，问我几点了。

我轻声说："还早。"

她笑着说："我刚才做了一个梦。"

我说："做春梦呢？这么开心。"

她一脸神秘地说："不是哦。"

接着她笑吟吟地说："我梦到我们五个一起玩王者荣耀，我超神了，带领你们走向胜利。"

我笑出声来，说："这梦有什么开心的。"

她伸伸懒腰，说："梦里面我是靠在王辉身上的，嘿嘿嘿。"

我笑着问："然后呢。"

她看着天花板，说："然后我就醒了。"

我说："这就没了？"

她说："我梦过很多种跟他在一起的情形，这次是最真实的。"

我笑着说："天还黑着，继续睡吧。"脑海里突然浮现出一个画面：王辉翻山越岭，漂洋过海，走过河流踏过桥梁，沿途鲜花盛开，他满心欢喜。因为他要去一个地方，那个地方有一个人在等着他。因为有个人在等，所以他从不觉得累。到了路的尽头，发现他还要踏过一片沙漠。

他义无反顾地向前飞奔，等走近了一些，才发现那是海市蜃楼。回头路被沙子掩藏，他失去了方向。

可他不知道的是，有另一个人，沿着他的足迹拼命地走，走到双脚麻木，走到汗水淋漓，不是为了要去寻找一片绿洲，只是为了找到他，递给他一瓶水。

六

三个月后，老唐向任婧求婚。

他们结婚，却忙坏了我们，陪着他们挑一个又一个戒指，逛一个又一个婚纱店。

终于，任婧挑到了一件满意的婚纱，老唐看得两眼发直，小月也看得呆了。

任婧害羞地笑着，突然又想到了什么，对小月说："你也来试试婚纱啊。"

小月推辞，说："我又不结婚。"

任婧说："哎哟，难道你这辈子也不结婚，跟王辉一样？"

王辉接过话茬儿："反正他妈的最后都是要离婚的，我才不结婚，结个屁。"

任婧白了王辉一眼，拽过小月，小月半推半就，还是试了一件婚纱。
小月从试衣间出来的时候，我跟王辉同时放下了正在玩游戏的手机，盯着小月挪不开眼。
小月被我们盯得蒙了，问："是不是不好看？我早说了我不适合婚纱。"
我连忙说："不是不是。"
又捅捅王辉，王辉反应过来，说："美，好看！"

女人这辈子最美的时候，大概就是穿着婚纱的时候。
任婧向我使着眼色，我回过神来，拉着王辉说："你也来试试礼服嘛。"
王辉大惊失色，说："我试什么，我不要。"
我说："不行，你得试试。"
王辉问："为什么？"
我说："你想想，这可能是你这辈子最后一次有机会穿礼服啊，反正你也说自己不准备结婚了。"
王辉被我绕了进去，仔细分析，若有所思地点点头。

没等到他想明白，我就把他推进了试衣间。没多久，他穿着礼服出来了，挠挠头，说："这玩意儿还是不适合我，反正他妈的到最后都是要离婚的，还穿它干啥……"

话没说完，他正对上小月的眼神。

我说："郎才女貌，拍张照吧。"

他支支吾吾，说："拍什么拍……"

还没等他说完，小月就被任婧推到了他身旁，任婧说："就拍一张咯，又不给别人看。"

小月羞得满脸通红。

见王辉作势要走，我赶紧拿起手机，抓拍了一张照片，却意外地抓到了最好的瞬间。

镜头里王辉站得笔直，身旁的小月甜蜜地笑着。

七

从那以后，小月好像和王辉的距离近了一些。

我家有个投影仪，每逢周末我们都聚在一起看电影，任婧和老唐依偎在一起，我抱着二筒，王辉坐在沙发最左边，小月怯生生地搬着凳子坐在最右边的位置。

本来我们一直保持着这样的座位顺序。

现在小月慢慢地坐在了王辉的身边，两个人却还是保持着不远不近的距离。

我想，多少是近了一些，希望时间真的是个好导师，能给他们最好的安排。

十一月，我们本来看着电影，王辉突然接到一个电话。

他沉默了很久，我正想着电话那头是谁，可以说这么久。

他却开口，说："结婚了啊，祝你幸福。"

挂完电话，我们面面相觑，不知道该怎么开口说第一句话。

他露出一个没事的笑容，说："她再婚了。"

我们保持沉默。

王辉问："家里还有酒吗？"

那天，王辉再次为了同一个人喝醉。

我安顿好醉倒的王辉，又看了看小月。

小月说："思浩，我有点不舒服，先走了。"

我说："注意安全。"

清晨，王辉醒过来，问我："昨天我怎么又喝大了？"

我怒斥："你还问我？你怎么还为那个人喝醉？"

他说："你理解错了，我是开心，我突然发现，原来我可以平静地祝她幸福了。"

我说："你他妈平静怎么表现得跟撕心裂肺一样？"

王辉急了，说："你们这是先入为主，昨天我哭了吗？昨天我闹了吗？昨天我没给你们唱歌吗？王八蛋，真的以为老子不记得吗？你不还鼓掌说好听吗？"

我哭笑不得，只得投降。

我说："小月走了。"

他问："什么时候？"

我叹口气，说："你打个电话跟她说下情况吧。"

他也跟着叹口气，说："心里的一个人走了，另一个人没那么容易再住进来，再等等吧。"

第二天王辉收拾行李。

我问："去哪儿？"

他说："借宿你家这么久，谢谢你。"

我说："谢你大爷，我们这么多年的朋友，说什么谢谢。"

他说："我出门走走，等我回来，我就搬家。"

我问："走多久？"

他说："想回来的时候，我就回来。"

我说："要回来就别收拾了，钥匙你也拿着，我家反正也没别人来住，这个房间我给你留着。"

我问："那小月呢？"

他说："我现在有点乱，等我想通了，我第一个告诉你。"

临走之前他说："对了，替我告诉小月，好好照顾自己。"

我找到小月，一字一句地复述着王辉说的话。

小月说："我等。"

我说："那你这段时间怎么办？"

她说："他不在北京，我想先回趟家。"

我问："什么时候回来？"

她说："他找我的时候。"

每个人都在等着一些什么。

等一个人回头，等一个人出现，等自己释怀。

等春暖花开，等灯火通明。

如果能等到自己想要的，就没有浪费时间。

我等着他们等到彼此的时候。

一个等自己释怀，一个等对方回头。

我想，时间总能让他们等到彼此的。

八

我们都在等王辉回来。

可还没等到那一天，我们却再也等不到他了。

王辉在一次去机场的路上，翻了车，再也没有醒过来。

我们以为能等来峰回路转，等来的却是一记回马枪。

我得到消息的时候正在大街上，这一切来得太突然，就算给我发信息的是王辉的母亲，我也根本无法相信。我突然一阵喘不上气，感觉自己被卷进了黑洞，我知道身边的人在说着一些什么，可我听不到。我知道自己在自言自语，我能看到行人诧异的眼神，可我居然也听不到自己说什么。

我不知道自己是怎么回家的，只记得我无法呼吸，脑袋里只剩下嗡嗡的声音。

我昏昏沉沉，无法思考，倒头就睡着了，醒来的时候我恍惚间不知道自己在哪里。

我花了很久，才搞清楚我在自己的床上，我看了眼手机，天才刚黑，我不知道我是睡了一天一夜，还是只睡了几个小时。颤抖着打开阿姨给我们发的信息，是真的，一切都是真的。

我又怔了很久，心里怒骂老天，为什么这么不公平。

整夜没再睡，第二天阳光洒进来，我都没有回过神来。

过了很久，我站起身来，打开王辉的房间。

这里的一切我都没有动过。

我认认真真整理，清理灰尘。打开衣柜，里面堆满了衣服。

想起有一天，我们一起嫌弃他的衣柜。

小月说："我帮你收拾吧。"

王辉慌张地关上衣柜，说："我自己来，自己来。"

结果这个王八蛋还是没有整理。

我抱起所有的衣服，一件件替他整理，却发现衣服的最底层有一件叠得整整齐齐的礼服。

我从来不知道，他偷偷买回了这件衣服。

衣服里好像夹着什么东西。

是一张照片。

照片里王辉站得笔直，身旁的小月甜蜜地笑着。

 你也在等一个等不到的人吗？扫码回复"小月"，
给你一篇关于小月的后续故事。

我不想成为别人喜欢的样子，
我只想成为我自己

因为热爱，所以坚持。
无法妥协，所以拼命。

LOCAL CALL
10¢

BGM1: *Turnin'* Young Rising Sons
BGM2: *Up&Up* Coldplay

一

2009年初，我一个人到了墨尔本。

最初的新鲜感过去之后，就要第一次面临时差这个玩意儿。

那时还流行在QQ群里聊天，我们几个小伙伴建了群，怎么聊天也不觉得累，每天的信息都是几千条。有时我们谈天说地，聊着所谓的梦想，想着自己未来会变成什么样的人；有时我们分享日常，八卦大家最近的生活，分享着自己喜欢的歌。

我也常常聊得兴奋起来，加上时差，我就这样开始熬夜。

很多年过去了，我们从QQ换到了微信，那个群早就没有人说话。

熬夜这个习惯却留了下来。

第二个养成的习惯是听歌。

很久以后我才明白，我爱听歌是因为那时我总一个人生活。

我有几个好朋友，可都隔着一个太平洋；在墨尔本的室友，跟我不同专业总碰不到一起；我那时喜欢的姑娘，只有周末才会登录QQ。

我那时住的地方，离学校有一个小时的车程。

于是只能每天早起，赶四十分钟一班的车。一个人上课，一个人吃饭，再一个人回家。

或许听歌是在智能手机如此普及之前，掩盖孤独的最好办法。

还有一个习惯也跟听歌有关系，就是每当在看电影时听到好听的背景音乐，我都会第一时间把那些音乐下载下来。每天半夜拿着音响，一遍遍地听，这时候我通常都会坐在电脑前，开始写东西。
一晃八年过去，我这些习惯居然一个不差都留了下来。

人总是这样不知不觉地养成了很多习惯，再不知不觉就着习惯过了很多年。

二

2011年，熬夜变成了通宵。
我总是习惯看着城市被唤醒，然后再沉沉睡去。
我想我这么喜欢黑夜，是因为在黑夜中我才是我自己。

这一年的八月，被房东赶出门。
我一个人拖着两个20公斤的箱子，在城市里游荡。我不知道自己能去哪里，可我不能停下来，因为我怕停下来我会难过。
好朋友给我打来电话，问我在哪里。
我说，就想一个人走走。

他说："你在哪儿，我去接你。"

他知道我被房东赶出家门，他也知道我不愿意麻烦他，宁可一个人游荡。所以不由分说，一定要来接我。我也实在走不动，就坐在路边的台阶上。一左一右两个绿色箱子，比我人还高，我就靠在右边的箱子上，睡着了。

梦里是曾经真实的场景。
那是我妈跟我去逛街，她看中了一条裙子，因为太贵没有买，却因为我要离开家了，执意要给我买一双一千多的鞋子。
醒过来是我朋友焦急的脸，他说，我给他的地址离这里差了两条街，我的手机也没人接，他是沿着路找到我的。

他问："为什么不找我们借钱。"
我说："我自己被骗，我自己承担。"
朋友无可奈何地看着我，帮我把箱子搬上车。
我突然想起了什么，对他说："别让我妈妈知道。"

后来我妈还是知道了，打电话给我，我笑着说："没事，别担心。"
挂上电话，那是我印象里，来墨尔本之后唯一一次哭。

三

于是开始打好几份工，因为有目标，倒也不觉得很累。

拿到第一笔钱的时候，请朋友吃了顿大餐，花光所有的钱。

我花这钱不是为了庆祝什么，而是证明我也能好好地活下来。

心里有一个梦没熄灭，就是写书这件事。

就这么写了好几年。

在这之前，我一直是个三分钟热度的人。

有阵子想学钢琴，学了没多久放弃；又发誓要学一点极限运动，想了想还是算了。羡慕那些画画的人，有那么一种特殊技能，可以把所有心事藏在画里。

我当然也知道，那些熠熠生辉的人，背后付出的努力。

可我总是觉得，有些事情不适合我，于是自动放弃。

留在生命里的，反而是那些没有刻意去坚持的事情。

倒是印证了村上的那句话："喜欢的事自然可以坚持，不喜欢的怎么也长久不了。"

因为热爱，所以坚持。

还能以年为单位来计算的，是我的几个好朋友。

我们曾经集体失恋，像是中了魔咒，半夜我开车集体跑去了南京投奔老刘。老刘二话没说，包吃包住，买了三箱啤酒四个人喝到天亮。

我们其实没有那么多时间每天聚在一起，更多时候我们都在各忙各的，可一年里总还有那么几天，能燃起剩下为数不多的热情，每个人请假都要聚在一起。

也不说什么矫情的话，也不聊那些所谓的梦想，就坐在一起喝酒扯皮，再一起看日出。

原来这么仔细盘算，你会发现你拥有的比你想象的多，只是你平时都记不起。

我的人生曾经偏了航，是这些让我重回正轨。

四

2014年生日，写完东西，收到朋友的信息。

他拍了一张以前我留下的刷牙杯。

我说："三年前的刷牙杯你还留着，你是不是暗恋我？"

想起三年前我住他家，顿时有点后怕。

他嗤之以鼻，说："老子是直的！"

我长出一口气。

刚想再贫嘴，他说：生日快乐。

我回：谢谢。

他挂了电话。

我脑海里浮现出这些年的生活。

这几年，我先是打了几份工，又总是奔波在图书馆和家之间。生活终于重回正轨，就四处旅行。因为喜欢过一个人，所以追逐全世界的日出，最远去了埃塞俄比亚，常常奔波，见了很多人，却也弄丢了几个好朋友。我很喜欢一个人，也被另外一个人那么喜欢过，却没有跟任何一个人在一起。

后来我还做了很多莫名其妙的事。

我开了一个小书店，一个月后就盘给了朋友。我在一个地方住了两个月，然后又扔掉所有行李，去另一个城市。午夜时分我依旧睡不着，在陌生的城市晃荡。有次我在北京，天下大雪，明明很冷我就是不想回去，在街头转了一圈又一圈。

那时我暗下决心，将来我一定要在这座城市好好地生活下来。

我也会一个人发疯一样地看电影，总是买最角落的位置，自己都不知道为什么。

追逐日出那阵子，天不亮就出发。

不爱带什么行李，只带着几本书和一副耳机。我低估了山顶的寒冷程度，无奈地站在寒风中瑟瑟发抖。有那么一刻，我开始怀疑，似乎连来这里的原因都忘了。

然后我才清醒过来，有那么几个日出，我答应过当初喜欢的那个人。答应过，要一起来看。

虽然到头来，我一个人实现，当初两个人的愿望。

包子有天跟我聊天，他也去了无数地方，做了无数张明信片，却不知道该寄给谁。后来他说："我以为我去那些地方能够释怀，可我发现无论我去哪里，我看到的，都是她的影子。"

后来他问："你呢？"

他问我这句话的时候，躺在我们家的地毯上。

当我想要回答他时，传来了一阵呼声。

包子喝多就会秒睡，我心想这样也好，把他扶上沙发，给他一条毯子。

他迷迷糊糊中醒过来，说："你呢？"

我说："天上星星扑闪扑闪，地上人们念念不忘。"

五

2015年，我来到了北京。

安顿好之后，我就开始跑全国巡回签售。

有一次去山东签售，签完第二天刚好有个空闲，就一个人去了泰山。

那天在泰山山顶，出乎意料地周围有很多人一起等日出。人人拿着相机，我也准备拿出手机。日出迟迟不来，手机渐渐没电，我轻叹一声把手机放回口袋。

包里放着一盒饼干，这是我唯一准备的食粮。

而我穿着一件单裤，一件短袖加大衣，饥寒交迫。

我对自己说，要不算了吧。于是拿起包转身准备回酒店，却瞥见远方一片日晕。

接着天亮，无精打采的人群终于有了生气，纷纷交谈起来，身旁的姑娘默默地擦眼泪。

我才明白，这世上有太多等日出的人。

等天亮，等释怀，等安慰，等晴天，这世上几乎人人都在等。

那是我看过最美的日出。

那一瞬间，我突然明白，不用分享给谁了。

不是说不想去分享，而是原来这样的日出不用分享，也值得看。

就像我曾经看演唱会，总觉得要跟一个人分享，后来自己去看了，发现了另一种感动。

有些事大可一个人做，只是我们缺少了一个人做的勇气。

而等待也没什么难过的，如果你等的是日出，那它早晚会来；如果你等一个你也说不好什么时候会来的人和事，也没什么可怕，至少你可以边等边做自己喜欢的事。

如果你知道你等的永远也不会来，那你会学会死心的。

至于偶尔冒上心头的想念，就想念吧。

想念曾经的日子，想念曾经的人，想念曾经的日出，想念曾经躲雨的屋檐。

而你知道的，想念完你就会把自己拉回自己的生活中。

接着往前走。

这些话，是我当时对自己说的。

如果那个姑娘能看到这里，我想告诉你，这些话也是对你说的。

六

这一年，我没有好好地生活，因为四处奔波。

我常常忘了自己在哪个城市。

因为每天赶路，日夜打包行李，每天不远万里，难免精神恍惚。每个酒店通常只住一天，偶尔住上两天就得收拾行李，奔赴下一个城市下一家酒店。有时在火车上我会问我的助理，我们是去哪一个城市来着？他有时也得反应半天：沈阳？大连？

后来才知道我们都错了，我们是要去哈尔滨。

相视一笑，拍拍脑袋，吐槽一句：老咯。

同学聚会也很少再去，毕竟没有选择留在自己的城市。很多圈子也不可避免地交流越来越少，很多人也不可避免地慢慢疏远。

2016年2月我搬家，有了几个室友，家里显得热闹了些。

3月我家来了一只猫，我很喜欢他，大概因为他跟我一样，总是一个人想着自己的事。从来不吵，从来不闹，虽然我每天给他吃，他也不太搭理我。

只有在晚上睡觉的时候，他会突然蹦到床上，走到我的枕头边，跟我一起睡着。

村上春树的作品里常出现猫，那时我还没有养过，不知道其中的意义。
现在我知道了，孤独的人，最适合跟猫相处。

他不黏人，也不任性，跟你有着默契，知道最合适的距离。

这只猫叫二筒。
很多人问，是不是因为打麻将老缺二筒，所以才这么叫？
其实不是。

在《离开前请叫醒我》里，我就提过想要养一只猫。
我想养一只猫很久了。
久到当初有一天我就跟喜欢的那个人说过，如果可以，养一只加菲吧。
养一只蠢萌蠢萌的加菲，养一只懒洋洋的加菲，天气好了，就一起晒太阳；犯困了，就一起窝在沙发上；如果你难过了，我就把他抱到你身旁，哄你开心。
你说，加菲猫是不是都很肥。
我说，是啊，胖成一团。
你说，那就叫一团吧。
我说，一团多难听。
你想了想，说那就叫二筒吧。

七

我的房间有一台日历，是读者送给我的。日历里是我的照片和我在书里写过的几句话，现在翻到了2017年的6月。

蒋莹来我家时，总会吐槽我家乱，可也忍不住夸我养的绿植。

有天来我家看电影，突然瞅到我放在茶几上的日历，说："卢思浩你也太自恋了吧，为什么你的日历都是你的照片？"

我白了她一眼，说："你懂个屁，这是我读者送的。"

她哈哈大笑，说："你的读者也太可爱了吧，送这么少女心的日历。"

我也哈哈大笑，说："废话，我的读者都是最可爱的。"

收拾房间是个体力活，读者的礼物放满了衣柜，我只好再买一个衣架放在阳台。

墙上贴了几张电影海报，朱茵的紫霞仙子在最显眼的位置。

客厅放着虎皮兰和几盆多肉。

刚来北京租的那个家，我没怎么住过，自然没有把它布置得很好。

从自己租房开始，才知道独自生活到底有多麻烦。

洗澡洗到一半家里停电，空调滴答滴答漏水，天花板的灯泡接触不良，常需要人工调整。

我在那个家里，几乎从来没有做过饭，因为频繁出差，这房子从某种意义上来说，更像一个临时过夜的地方。

只是集中性地把重要的照片贴在冰箱上，再把衣服一件件整理。

除此以外，没有任何的布置。

后来，我终于正式稳定了下来，搬到了现在的家。

想要在这个不怎么能看到阳光的城市，找到一个能好好晒太阳的屋子。

找了很久的房子，终于安顿了下来。

我突然意识到，这不再是一个临时过夜的地方了。

我应该把它布置得更像家一些。

我开始注意到生活的琐碎细节，添置家具，塞满冰箱，再去花市采购一些绿植，周末邀请朋友到家里一起看幕布电影。绿植放在每个房间、客厅，还有家具的角落，猫在一旁的猫爬架上趴着，家里顿时多了一些生机。

我告诉自己，就算房子是租来的，生活始终是自己的。

我想，这么些年，我终于成长了些，学会了自己给自己归属感。

八

有时我在想，我真的有什么改变吗？

我还是熬夜，甚至有时通宵到天亮；我还是爱听歌，总在深夜单曲循环；虽然有了室友，可我的生活习惯仿佛没什么改变。

旅行时我还是习惯一个人，带着一本书，四处游荡；心里虽然不再挂念谁了，可也没办法轻易爱上别的人。

我依旧固执。

有时我在想，我每做一件事情就在一个小本子上记下来，成功的打钩，失败的打叉。那么到后来，一定有很多打叉的事情，然后我再把那一页撕下来销毁，这样我就能知道自己做了多少傻事。可后来我又觉得，如果不是做了那些事情，我现在也不可能坐在这里写下这篇字。

如果让我回到过去，该做的选择我还是会做，该养成的习惯我还是会养成。

那这些年，我真的没有改变吗？

不是的，多多少少，改变了些。

我学会接受了。

我接受自己有时的傻×，接受不讲道理的分道扬镳，接受突如其来的无力感，接受无能为力的失去，接受那生离死别，接受那世事无常。因为只有接受这些，你才能知道什么是重要的。

我学会自我消化了。

喜欢的东西不再非要别人认同了，难过的事情也不再非要告诉谁谁谁了，情绪自我消化，就算很难调节过来，我也不再抗拒了。

天黑归天黑，下雨就下雨，该来的情绪都不抗拒。睡眠归睡眠，清醒就清醒，该做的事情都不忘记。随遇而安，因为有了能自己站稳的底气。

我现在在北京生活。

有几个很好的室友，有几个很好的朋友。

我们都在努力生活，在这个不属于自己的城市里，竭尽全力制造些归属感。

曾经有人问过我，为什么要来这个城市生活？

或者，为什么明明很辛苦，却不愿意回家？

我想了很久，终于知道怎么回答这个问题。

仔细想想，我的所有选择：去墨尔本，写书，再来到一个陌生的城市生活，都是为了更大的自由。现在想来，这所谓的自由，无非是因为我受不了做自己不喜欢的事。

无法妥协，所以拼命。

多多少少，路有不同，才明白凡事都有代价。

代价是身边的朋友逐渐变少，因为彼此生活不同，所以难以设身处地地理解，也失去了时间交流。

可你还是在这条路上坚持着，所有代价通通接受。

你不约会不逃避也不出走，天黑天亮你只是埋头做眼前的事。

你不知道现在做的事是不是绝对正确，可你想一个人去面对。你不知道什么时候天晴，但天会晴的，你这么想着。

不需要安慰，不需要理解，你承受住孤独的重量，因为有想去的地方。

就这点坚持，没办法三分钟热度，做不到对自己敷衍。

因为我也是这样。

我们都是这样，一路丢弃一路成长的。

我们被迫放弃曾经单纯的自己，在路口痛哭的自己，在酒后失态的自己，为了更好地往前走。可也是这么一路丢弃，我们不小心丢弃了那些真正重要的东西。我们以为长大是变冷漠，我们以为热血不过是矫情，我们再也不对酒当歌，我们骗自己这个叫成长。

不是的，就算你不再单纯，你也要保持童真的那一面；就算你不再流泪，你也要留住感动的那些事；就算你喝酒学会克制，你也要跟朋友聚在一起大吵大闹真的快乐。

我不想成为别人喜欢的样子，我只想成为我自己。

我的活法就是这样，常常独来独往，深夜总是睡不着，有时遇到生活的难，也会纠结许久，好在有那么几个真心朋友，互相鼓励，日子也不那么难熬。

时间带不走的有两样东西，一个是跟自己相处的能力，一个是跟我步调一致的人。

我们独立，在自己的道路上奋斗，彼此看一眼都是安全感。

就这样变老吧。

我觉得这种活法很不错。

写给自己。

写给你。

这几年我们同时在成长，
扫码回复"成长"，告诉你 25 岁后我明白的事。

LOCAL CALL

10¢

• Remove Handset.
• Wait for dial-tone.
• Wait for party to answer.
• Drop in coin.

LONG DISTANCE
Deposit coins as requested by operator.

后记

这本书叫作《你也走了很远的路吧》。

思前想后，取了这个名字。因为我想你也走了很远的路吧，那些难过那些曲折，或许你也找不到人诉说，那么我多么希望，有个人看到了你的全部，知道你的过往，包容你的任性，对你说一句：接下来还有很远的路，但你身边有我，我陪你走一段路。

而我，也不知不觉走了很远的路。
从一座江南小城，走到墨尔本，再走到堪培拉，然后兜兜转转来到北京。
一路上不是没有迷茫过，不是没有想要放弃的念头，庆幸的是我一直坚持了下来。

我从来没想过，这样一个我，能被你们这样地爱着。

我也从来没有想过，有一天，我的书，能够到这么远的地方。

想感谢的人有太多，想感谢的事有太多。

感谢耳机里的音乐，感谢这世上不是只有我一个人在熬夜，感谢在我这段旅途里出现的你。

我是一个任性的人，因为执意要记录生活，所以一直这么写着。

因为执意，所以认真，但如果没有遇到你，或许我有一天也会有坚持不下去的时候。

再一次，谢谢每个读到这里的你。

一个作者对读者最好的回报，就是写出更好的作品。

我或许没办法去你的生命里给你挡风遮雨，但好在我们可以在文字里相见。

希望这本书，可以给你带来一些力量，第二天醒过来，我们都满血复活，继续往前走。

我的愿望呢，其实很简单，就是当我们都逐渐老去的时候，回想起曾经一起走过的这段路，我们都可以很骄傲地说，那个叫卢思浩的作者，还不错哦。

为此，我会一直努力下去，每天充满动力，沿途春暖花开。

这世界每天这么多擦肩而过，谢谢你停下脚步读懂我。

愿我们在彼此看不到的岁月里，熠熠生辉。

最后，祝你早安午安晚安。

祝你早安午安晚安
It's a Long Journey

图书在版编目（CIP）数据

你也走了很远的路吧 / 卢思浩著 . — 长沙 : 湖南文艺出版社，2017.8
ISBN 978-7-5404-8216-9

Ⅰ . ① 你… Ⅱ . ① 卢… Ⅲ . ① 短篇小说 - 小说集 - 中国 - 当代 Ⅳ . ① 1247.7

中国版本图书馆 CIP 数据核字（2017）第 165248 号

上架建议：畅销·文学

NI YE ZOULE HEN YUAN DE LU BA

你也走了很远的路吧

作　　者：卢思浩
出 版 人：曾赛丰
责任编辑：薛　健　刘诗哲
监　　制：毛闽峰　赵　萌　李　娜　刘　霁
特约策划：李　颖
特约编辑：王　静
营销编辑：杜　莎　贾竹婷　雷清清
摄　　影：唐　诚　田安琪
封面设计：仙　境
版式设计：潘雪琴
出版发行：湖南文艺出版社
　　　　　（长沙市雨花区东二环一段 508 号　邮编：410014）
网　　址：www.hnwy.net
印　　刷：北京盛通印刷股份有限公司
经　　销：新华书店
开　　本：889mm × 1194mm　1/32
字　　数：171 千字
印　　张：10.25
版　　次：2017 年 8 月第 1 版
印　　次：2017 年 8 月第 1 次印刷
书　　号：ISBN 978-7-5404-8216-9
定　　价：39.80 元

质量监督电话：010-59096394
团购电话：010-59320018